SAGA TRÊS LUAS
LIVRO 3 - LUA VERMELHA

Copyright © Fred Oliveira, 2021
Copyright © Editora Planeta do Brasil, 2021
Todos os direitos reservados.

Preparação: Denise Morgado
Revisão: Andréa Bruno e Mariane Genaro
Projeto gráfico: Jussara Fino
Diagramação: Vivian Oliveira
Ilustrações de capa e miolo: Cary Monteiro
Capa: departamento de criação da Editora Planeta do Brasil

DADOS INTERNACIONAIS DE CATALOGAÇÃO NA PUBLICAÇÃO (CIP)
ANGÉLICA ILACQUA CRB-8/7057

Oliveira, Fred
  Saga Três Luas: Lua vermelha: volume 3 / Fred Oliveira. - São Paulo: Planeta, 2021.
  256 p; il. (Três Luas; vol. 3)

ISBN: 978-65-5535-480-5

1. Literatura infantojuvenil I. Título II. Série

21-3381   CDD: 028.5

ÍNDICE PARA CATÁLOGO SISTEMÁTICO:
1. Literatura infantojuvenil

Ao escolher este livro, você está apoiando o manejo responsável das florestas do mundo

2021
Todos os direitos desta edição reservados à
Editora Planeta do Brasil Ltda.
Rua Bela Cintra, 986, 4º andar — Consolação
São Paulo — SP — 01415-002
www.planetadelivros.com.br
faleconosco@editoraplaneta.com.br

*Quando estava na casa de meus avós,
meu avô me contava as histórias mais criativas,
que levavam minha mente
ao Paraíso antes de adormecer.
Acredito que isso tenha me incentivado
a ter sempre essa vontade de expressar meus
pensamentos e minhas ideias nos livros.*

*Acredito que, sem apoio e confiança,
eu não seria capaz nem de imaginar que
um dia estaria escrevendo o fim de uma trilogia.
Obrigado a minha mãe, minha avó e minha esposa
por esse apoio e por essa constante confiança.*

*Um beijo para minha filha,
que é minha maior motivação.*

*E obrigado a todos que me seguem e
amam fazer parte dessa jornada comigo,
a minha nação!*

Vozes murmuravam a respeito de objetos poderosos. Objetos esses que guardavam não apenas uma força especial mas também segredos, mantidos e cultivados por aqueles que administravam a *verdade*.

Seria aquilo tudo mera teoria da conspiração? Ou, quem sabe, apenas imaginação? No fim, a maior tolice é duvidar da verdade, por mais louca que ela possa parecer. Mas quem está disposto a ser diferente? Quem está preparado para ir contra o senso comum?

De fato, ao longo do tempo, algumas crenças tomaram forma e se sedimentaram, enquanto outras foram pouco a pouco levadas ao esquecimento. Mas nem todos estavam prontos para esquecer a verdade, que havia brilhado o suficiente para deixar sua marca nos olhos dessas pessoas. O ciclo de destruição, A Grande Balança, o Império Hakai e o fim do planeta Terra eram os elementos de uma crença sigilosa, sim, mas não facilmente esquecível por aqueles que tiveram contato com ela. Após anos vivendo sob o mesmo teto, comendo da mesma comida e estudando a mesma insanidade, seria impossível abandoná-la. Ter um príncipe hakai entre humanos era algo inominável, como se não passasse do fruto de delírios e alucinações.

Mas a verdade, a única verdade, encontrava-se ali: o príncipe estava ali e disposto a dar o seu sangue para que as mais poderosas armas já vistas pudessem ser forjadas. Estilhaço estelar, foi isso que disseram? Que bonitas são as palavras. Mas a doçura eternizada entre os descendentes daqueles cientistas não muda a verdade. Estilhaço estelar nada mais era que o sangue do jovem Absalon, unido à mais alta tecnologia hakai. E, logo após dar noventa por cento de todo o seu sangue azul, o jovem entrou em sono profundo, acordando séculos depois sem se lembrar de nada.

Sete dias após o sacrifício, a lua de sangue despertou no céu. Um dos fenômenos naturais mais incríveis já observados, visível inclusive a olho nu. No perfeito alinhamento entre o Sol, a Terra e a Lua, com os raios solares ocultados pelo planeta, a maravilha acontece. A Lua, assim, precisa estar em sua fase cheia. Vários detalhes são importantes para que as cores de baixa frequência possam preencher o satélite natural, transformando-o em um astro do mais puro e belo tom de vermelho.

É incrível pensar no contraste entre as palavras aqui representadas. Lua de sangue tem um nome forte, ouso dizer até assustador! Mas, no fim, é um dos mais belos e raros fenômenos naturais. Já estilhaço estelar, bem, no fim das contas é uma bela denominação para uma atitude heroica. No entanto, certamente não transmite a real crueldade da situação. O sacrifício ali realizado foi ocultado por palavras aparentemente inofensivas.

1

ESTILHAÇO DE SANGUE

A morte de Galileu Galilei, em 8 de janeiro de 1642, abalou as estruturas dos que defendiam a Terra em segredo. Como eles mesmos se nomearam: os "Desenvolvedores da Arte da Astronomia Oculta".

Com Galileu morto e Absalon em coma, o que faremos?

Dúvidas preenchiam o coração dos nobres cientistas. Até que o seu discípulo mais honrado, Vincenzo Viviani, tomou a palavra:

— Nobres companheiros. É com melancolia que venho trazer minhas palavras aqui à casa.

Todos voltaram sua atenção para ele. Até então, seguiam o grande Galilei. Mas Vincenzo era seu pupilo, o mais próximo do mestre. Com certeza valeria a pena ouvi-lo.

— Sei que estamos em um momento difícil, sem que nosso mestre esteja conosco para nos guiar. No entanto, caros companheiros, apenas conversa, sem ação, é algo que ameaça espedaçar nossos esforços realizados até aqui. O futuro da Terra repousa em nossas mãos. Sete são os poderosos objetos em nossa posse, além do nosso salvador Absalon, que em breve deve acordar. Mas o sigilo é fundamental. Durante a noite passada, estive pensando em algumas maneiras de mantermos tudo em segredo e proteção.

— O que faremos, então? — questionaram muitos dos presentes, enquanto aos poucos o grupo se enchia de ansiedade.

— Não temam! Faremos o melhor para nosso planeta! — Vincenzo continuou. — Vamos nos dividir em sete grupos. Cada grupo levará uma arma ao local de uma das sete maravilhas do mundo. Lá ficarão escondidas, até que cheguemos ao tempo certo da revelação. Quando o planeta se aproximar dos cem anos antes do ciclo da destruição, os netos dos netos de nossos netos recuperarão os objetos e iniciarão o treinamento.

— Mas por que não ficamos unidos, juntos? — alguns continuavam a perguntar.

— Nosso grupo já está causando muito alvoroço, as pessoas já começaram a comentar. Precisamos nos desfazer, se quisermos evitar o caos. Imaginem os senhores se o mundo descobre que estamos no caminho da destruição? Se desaparecermos das vistas, todos vão acreditar que a verdade é apenas uma lenda, que tudo não passa de teoria da conspiração.

As palavras de Vincenzo Viviani não podiam ser mais claras e fáceis de interpretar.

E assim fizeram. Seguiram passo a passo o plano, esconderam as relíquias e depois transmitiram o conhecimento de geração em geração. O que antes eram boatos, com o tempo tornaram-se lendas. Não para os descendentes dos "Desenvolvedores da Arte da Astronomia Oculta".

Quando enfim chegou o fatídico ano de 1964, cem anos terrestres antes da possível destruição do planeta, cada descendente foi em busca do respectivo objeto guardado. Alguns acabaram não encontrando, como foi o caso daquele que procurava o objeto no Egito. Outros perderam a vida nessa busca, como o avô de Ozaki Koji. As linhagens passaram a treinar e treinar, e aqueles que conseguiram resgatar seus objetos procuravam, ao longo das gerações, entender o potencial de cada uma das armas.

Parte do destino estava sendo traçada. Porém, ainda restava um elemento importante na equação que poderia salvar o planeta Terra.

***

E foi no ano de 2048 que acordou o príncipe hakai, Straik Absalon, mas ele já não era o mesmo. Em meio a delírios e desmaios constantes, seguidos de perda severa de memória, os seus responsáveis, membros da família Ozaki, o levaram para o país com a mais alta tecnologia em medicina de seu tempo: o Japão, mais especificamente a cidade de Tóquio.

Lá, ele passou por uma série de procedimentos médicos, até se estabilizar e poder ficar na casa que pertencia à família. Absalon, ainda sem o discernimento de quem era de fato, manteve-se parcialmente consciente. Ele de vez em quando acordava e parecia estável, e nessas ocasiões o senhor Ozaki tentava lhe contar a verdade, mas o esforço na mente de Absalon o levava novamente ao coma.

Até que um dia o senhor Ozaki resolveu criar uma história: ele deveria inventar uma vida que Absalon não tinha, mas que fosse mais fácil de absorver e aceitar. Em 2064, então, "nasceu" Ozaki Katsuma, um garoto de dezesseis anos (que na verdade eram setecentos e setenta e quatro anos, sejamos sinceros), com uma inteligência acima do normal e facilidade para ler escritos antigos que nem os maiores historiadores do mundo seriam capazes de interpretar.

O herdeiro da realeza hakai era um jovem adolescente de dezesseis anos. O maior herói que a Terra teve o prazer de abrigar vivia em uma capa aparentemente frágil, sensível e sentimental. O príncipe, aquele mesmo responsável pelo estilhaço de sangue havia tantos séculos, estava vivo e na Terra. Mas não vivia como um herói nem sequer sabia de sua majestade. Para o destino do Universo, sua presença era de extrema importância, ainda que, ao mesmo tempo, parecesse de total insignificância. Afinal, como o destino de tantas vidas poderia depender de alguém cujo paradeiro, até pouco tempo, ninguém sabia? Como esse alguém seria capaz de exercer o poder supremo, se ele mesmo não tinha conhecimento de sua própria importância?

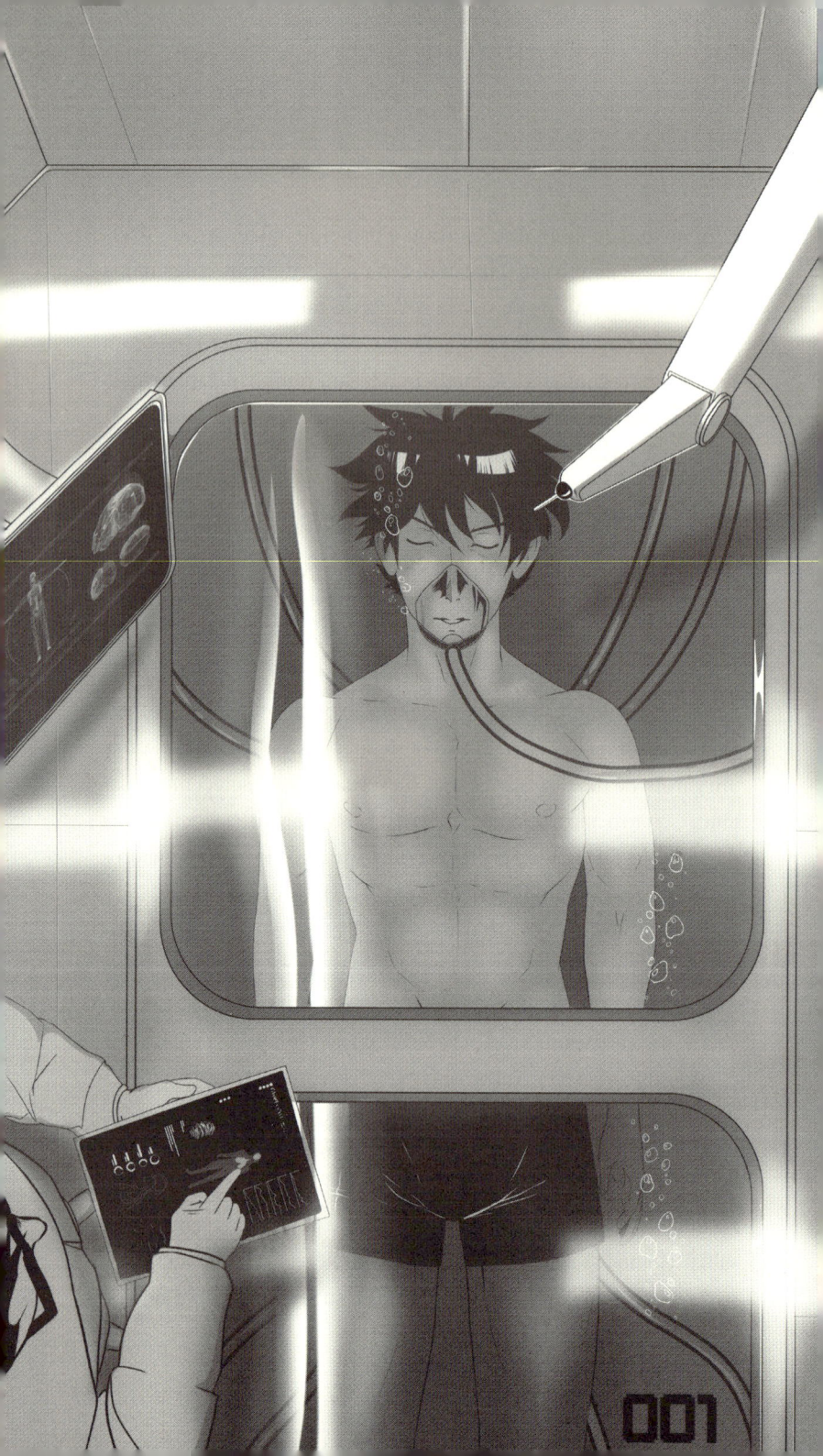

2

ATÉ O FIM

— Agora tudo faz sentido! — exclamou Katsuma, correndo em direção ao seu quarto.

Ele pegou a foto em que aparecia Ozaki Koji, seu falecido avô, que na época estava em plena juventude. Na imagem, Koji aparecia cortando uma montanha ao meio, utilizando o poder da adaga.

— Meus desmaios constantes desde que comecei os treinamentos... tudo faz sentido agora — afirmava Katsuma, ofegante e inquieto. Ele esfregava sua cabeça e mantinha os olhos arregalados, como se estivesse numa crise de ansiedade. — ENTÃO QUER DIZER QUE EU TENHO QUASE OITOCENTOS ANOS DE IDADE? QUER DIZER QUE SOU UM ALIENÍGENA?!

A maioria dos guerreiros segurou o riso ao ver o desespero do garoto, mas, ainda assim, era impossível esconder o fato de que também estavam ansiosos e apreensivos, exceto Iyo, que parecia sentir quase a mesma dor do amigo.

— Pelo menos esse é quem você *era*, Absalon — respondeu o capitão Yamamoto, enquanto ajustava sua armadura e se sentava em uma poltrona na sala. — Agora, para mim, você parece mais um humano na puberdade!

Todos riram. Já estavam segurando a risada havia um tempo, mas ouvir palavras tão engraçadas, ainda mais vindas de uma voz tão imponente e séria, era realmente o gatilho para as gargalhadas. Um momento de descontração em meio às sérias revelações. Todos os nobres guerreiros, os conectados, estavam ali. Alguns mais feridos que outros, mas concentrados nas revelações e na recuperação. Quando voltaram os olhos para o capitão, em vez de risos viram lágrimas.

— Por tanto tempo eu esperei este momento! Não acredito estar diante do filho do meu verdadeiro imperador. Ele é o único a quem confiei minha total lealdade. Daria minha vida dez vezes para tê-lo novamente entre nós.

— Como era meu pai? — perguntou Katsuma. Seu coração batia forte àquela altura. Era tudo muito novo. Suas mãos suavam diante da avalanche de verdades reveladas ali.

— Ah! Straik Lavalont. — O capitão não era capaz de esconder seu respeito e sua admiração pelo amigo. — Como ele era rígido e enervado. Sempre firme e direto em suas palavras. Não tinha muita paciência e, na maioria das vezes, era cabeça-dura.

Naquele momento, Katsuma se concentrava intensamente nas palavras de Yamamoto. Apertava os olhos bem forte, tentando criar a imagem do pai em sua mente, quando ouviu a voz de Mieko:

— Agora sabemos de onde veio a personalidade de Katsuma — disse, rindo, quando foi interrompida pelo capitão.

— Sua personalidade era seu charme — disse ele com um sorriso leve no canto da boca. — Jamais conheci alguém mais inteligente, bondoso e honrado. Era sincero, justo e perdoava facilmente. Lembro-me de certa vez, quando eu era apenas um soldado. Estava praticando minha agilidade com a espada, quando apareceu alguém com poucos anos a mais que eu e começou a mostrar as falhas dos meus movimentos. Ele não usava roupa militar, nem mesmo tinha a aparência de um, mas seu conhecimento era muito superior ao meu!

— Era ele, meu pai, certo? — Katsuma já sabia a resposta, mas queria ter a confirmação, como se aquilo o levasse mais para dentro da história.

— Sim, Absalon, era ele. Passei alguns dias sendo treinado pessoalmente pelo príncipe, mas sem ter conhecimento de sua verdadeira identidade. Nesse período, nós nos tornamos bons amigos, até que um dia descobri quem ele era de fato. Então, quando ele apareceu de novo, me curvei imediatamente, mas acho que o príncipe não gostou muito da minha atitude. Quando virei meu olhar em sua direção, ele já estava de costas, caminhando para longe de mim, e ainda gritou: "Agora perdeu a graça! Aguardo você em alguns séculos. Será que pode me alcançar?".

Entre lágrimas e sorrisos, o capitão Yamamoto relembrava os bons momentos.

— Entre todos os hakai, nenhum pode ser mais poderoso que o próprio imperador. Por isso, desde cedo, o príncipe recebia um árduo treinamento, assim como aconteceu com você, Absalon. A verdade é que alguns se sentiriam ofendidos com as palavras de Lavalont, mas eu compreendi a mensagem ali estampada. Eram um desafio e uma motivação para que eu me tornasse o melhor. E eu me dediquei muito! Ah, como me dediquei! Perdi as contas de quantas horas a mais eu ficava treinando, quantas noites passava em claro, aperfeiçoando meus movimentos com a espada, enquanto treinava minha pontaria arremessando lanças. Então, em alguns séculos, lá estava eu: primeiro-general do maior imperador que já existiu.

— Ouvir essas histórias me faz pensar em quão pequenos somos diante da grandeza do Universo — disse dra. Murakami, como se aquela verdade fosse não apenas interessante mas também amedrontadora. — Ao nosso lado estava um sangue nobre hakai e nem sequer percebemos! A palavra "séculos" me faz refletir sobre como os humanos são realmente frágeis.

— Sim, doutora, mas afirmo que para um verdadeiro hakai toda vida deve ser preservada. O ciclo de destruição que envolve A Grande Balança é, de fato, nosso maior castigo e nossa maior responsabilidade. Não é fácil exterminar uma raça inteira, mas, pelo bem maior do Universo, nos submetemos a isso.

— E sobre o fim desse ciclo? Katsuma traduziu os escritos em nossos objetos, é evidente a mensagem — disse Akio, ainda um pouco desconfiado das reais intenções do capitão.

— Sim! Lavalont descobriu isso tarde demais. Seu trono foi usurpado pelo atual imperador, como já disse a vocês. Mas o pior eu não comentei.

— E tem algo ainda pior que toda essa história? — Iyo questionou, assustada. — Como o trono foi usurpado se o imperador deveria ser o mais forte?

— Os generais se aproximaram do poder do imperador, alguns deles até o ultrapassaram em força. Todos os hakai têm o mesmo potencial, o que diferencia a força entre nós é a extrema dedicação, mental e física.

— Ah, sim! Entendi. Desculpe interromper você. — Iyo sorriu, sem graça.

— Sem problemas, garota! Estou muito feliz por ter encontrado meu príncipe. Nada pode tirar minha paciência hoje. Além disso, Absalon parece ter um grande apreço por você...

— Ehr... Mas e a pior parte da história, qual era mesmo? — Katsuma mudou rapidamente o assunto, vermelho como carvão em brasa.

— Bem lembrado, bem lembrado — disse o capitão para o garoto, dando uma piscadinha e voltando em seguida ao seu semblante sério. — Um planeta chamado Yosa, o mais puro entre todos, foi exterminado. Era a raça mais bondosa e amável que já existiu. Esse planeta era considerado irmão do nosso, já que a longevidade dos habitantes era similar à nossa e eles tinham um poder interno realmente assustador.

— Então eles eram realmente fortes? — perguntou Ikkei. — Mais do que os hakai?

— Sim, sim. Eles só não conseguiam nos superar por falta de treinamento militar. Mas acredito que, se treinassem como nós, superariam facilmente o poder que conseguimos adquirir. A questão é que, diferentemente de nós, com sua força, eles cultivavam uma enorme variedade de alimentos. Com o seu poder, construíam casas para os mais velhos e cuidavam deles. Cada habitante de Yosa negou a si mesmo, escolhendo viver como integrante de uma comunidade. Paz e perfeita harmonia dominavam o belo planeta. Não viviam com luxo, o planeta era inteiro de camponeses. Lavalont os admirava intensamente, mas o atual imperador os temia.

— Por isso Yosa foi destruído? — Katsuma perguntou.

— A Grande Balança indicou a destruição do planeta. A partir de então, toda a história que já lhes contei teve início.

— Tenho certeza de que foi uma fraude! — Katsuma exclamou.

Yamamoto abraçou bem forte o garoto.

— Você disse a mesma coisa há mais de quatrocentos anos. Mesmo reiniciando sua vida aqui, tenho certeza de que Absalon ainda vive em você!

Katsuma arregalou os olhos. A cada palavra de Yamamoto, tudo ia ficando mais claro para ele.

Sou um hakai. Sou um príncipe. Tive uma vida de trezentos e cinquenta anos completamente apagada da minha memória, ele pensava.

Quando parecia estar prestes a surtar mais uma vez, por cima do ombro do capitão Katsuma viu Iyo, que olhava em sua direção. Seu sorriso era o mesmo, nada havia mudado.

Será que ela realmente me ama? Mesmo sabendo que não sou quem pareço ser? Agora sou um velhote de setecentos e setenta e quatro anos! Isso é muito estranho!

Quando esses pensamentos estavam prestes a despertar todo tipo de sentimento ruim no garoto, as palavras firmes e intensas do capitão Yamamoto o trouxeram de volta à realidade.

— Seja forte, meu príncipe! Eu sei que não vai ser fácil, mas vou torná-lo novamente o hakai poderoso que treinei na infância.

— Ele apontava para o peito do garoto. — Sei que aí dentro está todo o poder capaz de dar fim às covardias do atual imperador. Duvido que suas lembranças voltem; talvez, na sua mente, você será para sempre um humano. Mas sua biologia hakai vai levar o Planeta Azul à vitória.

— Confio em você, Katsuma — Iyo completou, mexendo ainda mais com os sentimentos que ele tentava esconder.

— Ce-certo! — disse o príncipe, gaguejando, com o rosto ruborizado.

Yamamoto sentou-se novamente na poltrona, mas dessa vez parecia bem cansado, como se aquela revelação o tivesse abalado demais.

— Certo, pessoal, vamos descansar e focar a recuperação — disse dra. Murakami, aproximando-se do capitão por trás. — Este hakaizinho aqui deu trabalho. — E apertou os ombros de Yamamoto, enquanto aproximava seu rosto do dele com um sorriso suspeito.

Mesmo sendo humana, sua beleza era, de fato, indiscutível, e o capitão rapidamente se constrangeu.

— Preparem mais um quarto — Ikkei deu a ordem. — Quero que façam todo o possível para que o descanso do capitão não seja interrompido.

— Obrigado, jovem — Yamamoto agradeceu. — Absalon, quanto a você, amanhã iniciaremos um treinamento com o qual você nunca teve contato. Chegou a hora de despertar a sua força hakai.

— Mas tão cedo assim? — Akio questionou, duvidando que o corpo de Katsuma estivesse preparado.

— Um hakai se recupera enquanto treina. Amanhã vocês entenderão melhor.

Akio acreditava que todos ali precisavam de dez a vinte dias para uma recuperação completa. E que, mesmo assim, deveriam tomar comprimidos e repousar bastante. Mas se lembrou de como Katsuma sempre se recuperava numa velocidade acima do padrão. *Katsuma, Katsuma. O que mais podemos esperar de você?*, pensava o garoto, enquanto subia a escada para seu quarto.

Do outro lado do corredor, Iyo não deixava de pensar no amigo, que certamente estava angustiado. Aquilo deixava o coração da jovem conectada muito abalado.

Preciso fazer alguma coisa, ela pensou.

Quando todos estavam descansando, Katsuma começou novamente a ter crises de ansiedade. Seu corpo estava exausto, mas sua mente questionava tudo ao redor, como uma metralhadora de pensamentos de todos os tipos. Ele rolava de um lado para o outro da cama, como se não encontrasse mais seu espaço. Ele não pertencia à Terra, mas também não era um hakai. Então quem era ele de fato?

Enquanto essas dúvidas explodiam, quebrando suas convicções, Katsuma não percebeu a porta do quarto se abrindo lentamente. Nem mesmo percebeu os passos que se aproximavam. Foi quando, de repente, viu Iyo à sua frente, beijando-lhe os lábios.

Katsuma parou de súbito, a velocidade de sua mente reduzida e, em instantes, novamente acelerada, ultrapassando os limites de sua sanidade. A paz e a tormenta dos lábios de Iyo quebraram completamente sua linha de raciocínio, atravessando o campo da consciência e atingindo fisicamente sua pele, que se arrepiava intensamente. Foram poucos segundos, mas suficientes para que o garoto retornasse à realidade. Sua mente distante voltou ao lugar, seus pés tocaram o chão e seu coração encontrou o aconchego com que sonhava diariamente.

Iyo segurou bem forte as mãos do garoto, aproximando-as de seu coração.

— Seu lugar é aqui conosco, seu lugar é comigo. — Em seguida, ela o abraçou. — Não me importa sua origem, eu não ligo para nada disso. Para mim, você sempre será o meu Katsuma. — E, então, caminhou para fora do quarto, deixando o garoto atônito.

Katsuma manteve-se paralisado. Após a porta se fechar, ele percebeu que toda a sua ansiedade havia desaparecido.

— "Meu Katsuma..." — ele sussurrou. — Iyo, por você eu vou até o fim.

3

LÁPIS

O ANO ERA 2005. Ozaki Koji era um adolescente aparentemente comum, vivendo aquela nova era, de redes sociais e inovações tecnológicas. Ele estava próximo de completar dezesseis anos de idade, momento em que receberia a adaga para iniciar seu treinamento. Apesar de não transparecer, era um exímio lutador. Desde a infância, treinava todo tipo de arte marcial, com o apoio de seus pais, tudo para que ele estivesse preparado para o grande dia.

— Seja bem-vindo, meu filho — disse Ozaki Akemi, entusiasmada. Como sempre, estava muito agitada! Ela o beijou na testa, apertando forte suas orelhas.

— Para com isso, mãe! — reclamou o garoto, limpando a testa, com cara de bravo.

— Parar com o quê? — Akemi fitou os olhos do filho com uma feição amedrontadora, apontando uma colher de pau em sua direção. Ela não era uma mãe comum, mudava de humor repentinamente. Ou talvez seja justamente essa a característica da maioria das mães, não? Em geral, no entanto, ela era uma pessoa tranquila.

— Nada não, mãe! Desculpa! — respondeu Koji, com medo da mãe, que sempre terminava rindo do desespero do filho.

— Hahaha! Seu pai está servindo o almoço, garoto, pare de encenação e vamos nos sentar logo, porque hoje teremos um intenso treinamento. — Ela gargalhava do acontecido.

Ozaki Akemi tinha um metro e sessenta e três de altura. Olhos grandes e castanhos. Seus cabelos, azul-escuros encaracolados, iam até a cintura. Tinha trinta e seis anos e era muito bonita. Por onde passava, sua presença era notada imediatamente.

— Olha aí o meu filhão — acenava Ozaki Yoh, soltando a panela que estava em suas mãos, desastrado como sempre.

— Cuidado com a panela, meu amor! — A esposa correu desesperada, querendo ajudar o marido, quando acabou segurando a panela quente. — Ahhhhh!!!! Está queimando!

— Deixa que eu pego, querida! — Yoh segurou a panela quente com as luvas. — Está doendo muito, meu amor?

— Imagina, meu bem! — disse ela com um olhar sarcástico. — Claro que está! — continuou, chorando e com raiva ao mesmo tempo.

— Calma, Akemi, vou pegar uma pomada! — Yoh correu para o quarto, em busca de uma solução e também com o objetivo de sair dali.

— O que está olhando, garoto? — Akemi questionou o filho, que claramente segurava a risada, devido ao acontecimento.

Era sempre assim na casa da família Ozaki: a cada dia, uma explosão de emoções diferentes e sempre com uma pitada de diversão. Akemi era uma excelente mãe, amorosa e muito carinhosa, apesar das reviravoltas de humor.

Ozaki Yoh, diferente da esposa, era sempre calmo e tranquilo. E parecia que sua tranquilidade aumentava ainda mais a ira da esposa. "Você está sempre tão sossegado!", Akemi dizia.

— Tenha calma, meu amor! — Essas eram as palavras mais ouvidas da boca de Ozaki Yoh. — Venha aqui para eu passar a pomada.

Ele vestia um avental branco, tinha o queixo largo e bem quadrado. Cabelos brancos e curtos. Aparentava ter aproximadamente quarenta anos de idade, mas com uma musculatura forte e bem definida, como a de um jovem atleta.

— *Itadakimasu!* — exclamaram todos antes de iniciar a refeição.

A mãe estava com as mãos enfaixadas após passar pomada para queimadura. Koji precisava segurar o riso sempre que olhava para ela, pois se lembrava da cena que acabara de presenciar. Já o pai parecia apreensivo. Sabia da personalidade instável da esposa.

— Koji, meu filho, que tal comermos logo para treinarmos? — disse Yoh, tentando desviar o assunto, com um sorriso sem graça, mal conseguindo disfarçar sua intenção.

Foi quando o suco de laranja começou a escorrer pelo nariz de Koji, e as gargalhadas, até então guardadas, saíram de uma vez!

— Ahhh, seu moleque! — Akemi começou a correr atrás do filho ao redor da mesa. — Você me paga!

O pai comia sua refeição como se nada estivesse acontecendo, tinha medo do que podia acontecer caso se intrometesse. De repente, o filho tropeçou nele e, logo depois, a mãe também. Os três caíram no chão, sendo Yoh o mais prejudicado, ficando por baixo dos dois, que começaram a gargalhar até a barriga doer.

— Vocês não têm jeito mesmo — disse Yoh, dando risada com o filho e a esposa, que permaneciam sobre ele. — Vamos logo comer, porque o tempo não espera!

— Certo! — Koji e Akemi responderam em uníssono.

Eles comeram, depois passaram toda a tarde e o começo da noite com todo o vigor. Como de costume, logo depois do jantar foram juntos ao quarto onde Absalon era mantido em proteção pela família Ozaki.

— Será que um dia ele vai acordar, pai?

— Não sei, Koji, mas de uma coisa tenho certeza: graças a ele temos a chance de lutar, então será um prazer conhecer o grande homem que está à minha frente.

— Realmente, pai, graças a ele temos nossas relíquias poderosas. Espero, assim como o senhor, dominar esse poder e passar adiante todos os ensinamentos — disse Koji com a seriedade que era possível a um rapaz de sua idade, sem imaginar o futuro que o aguardava.

— Vamos dormir logo, garotos! — gritou Akemi de seu quarto.
— Precisamos estar bem descansados. Amanhã a família Matsuura estará conosco para o treinamento.

Chegava ao fim um dia comum na família Ozaki, com muita agitação e diversão, mas sem jamais esquecer o propósito deixado para eles através das gerações: preservar uma das relíquias e proteger Straik Absalon.

— Bom dia, família! Vamos acordar porque os Matsuura chegarão em breve! — berrou Akemi do corredor, na manhã do dia seguinte.
— Venham logo! O café da manhã está servido!

Koji, em seu quarto, tentava sem sucesso abafar a voz estrondosa que perturbava seu sono. Em poucos minutos estava ele à mesa comendo algumas frutas e tomando suco de pêssego.

Seu pai, Yoh, levantou-se da cama tranquilamente, como se tivesse sido acordado da maneira mais amorosa do mundo.

— Bom dia, querida! Hoje o céu está lindo! — ele afirmou com um sorriso relaxado no rosto.

— Pai, está chovendo muito! E os trovões estão fazendo a janela até tremer. POR QUE VOCÊ DISSE QUE ESTÁ UM DIA LINDO?!

Yoh coçou atrás da cabeça, mantendo o constante sorriso.

— Ah, Koji, todos os dias são belos.

O interfone tocou.

— Eu vou atender, terminem logo a refeição. — Akemi correu em direção à sala de estar. — Olá!

— Olá, Akemi, aqui é Matsuura Yuzo. Estou com minha esposa. Pode abrir pra gente? — Ele segurava um guarda-chuva, o que era quase inútil diante daquela tempestade. Sua esposa, Mayumi, usava uma capa de chuva preta e aparentava muita seriedade.

— Sejam bem-vindos. — A porta se abriu e os dois entraram, sendo recebidos por Akemi, que sorria. — Deixem o guarda-chuva e a capa comigo, vou colocá-los para secar. — Ela olhou para o marido e o filho e disse entredentes: — Me façam passar vergonha e não verão a luz do dia amanhã! — Eles se entreolharam, engolindo em seco o medo. — Podem se sentar, queridos, fiquem à vontade — disse Akemi, mudando drasticamente de humor.

— Obrigado — responderam os Matsuura, mantendo ainda a seriedade.

— Ei, pai — cochichou Koji —, eles nem parecem ter alma. São tão frios e estranhos.

— Relaxa, Koji, não é nada disso. É só o jeito deles — respondeu o pai, sussurrando.

Eles levaram os pratos e talheres até a pia e logo seguiram para a sala de estar. Quando passaram pela porta, se depararam com os dois já sentados no sofá.

Matsuura Yuzo era um rapaz de dezessete anos, mas seu semblante trazia uma carga de décadas. Ele era bonito, tinha cabelos longos e um metro e oitenta e oito de altura. Vestia um terno preto, com gravata e camisa da mesma cor. Ao seu lado estava a esposa, Matsuura Mayumi, com a mesma idade e a mesma aparência séria. Tinha um metro e cinquenta e cinco de altura, cabelos longos e também negros. Seu vestido era vermelho-escuro, com vários botões, e terminava no joelho.

— Ainda não acredito que vocês são tão jovens. Sempre que os vejo, é uma surpresa para mim — Akemi afirmou.

— Como você bem sabe, cada um tem sua capacidade para suportar as relíquias. Infelizmente, meus pais não tiveram a mesma sorte que vocês — Mayumi disse com frieza, como se tudo não passasse de mero cálculo matemático. — Esta pulseira contém um enorme poder. — Ela levantou o punho na altura do rosto. — A cada dia, esta coisa suga minha energia vital. Não sei se vou durar apenas mais este dia ou vários anos. Cada um tem uma resistência diferente.

— Sim, Mayumi, jamais me esquecerei de seus pais. Foram grandes amigos e companheiros nessa jornada. Aprendi muito com os dois e sempre admirei a força deles. — Yoh realmente tinha um grande apreço pelos Matsuura, eram amigos de escola. — O destino deixado a nós através dos anos é árduo. Por isso precisamos ter uns aos outros e nos ajudar.

— E quanto à família Takagi? Tem recebido notícias deles? — questionou Yuzo, como se respondesse diretamente à frase recém-dita por Yoh.

— Parece que eles são os que menos suportam o poder das relíquias. Desde o início dos treinamentos, que vieram após nossos ancestrais recuperarem as relíquias, o Takagi que atingiu a maior idade morreu aos vinte e dois anos.

— Já vocês parecem bem, após tantos anos treinando com a famosa adaga.

— Sim, Yuzo, tivemos sorte. Ou foi destino, não sei. O que importa é que estamos bem e treinando bastante! — ele disse, sério no início, mas logo depois voltando à sua personalidade mais tranquila e relaxada. — Não é verdade, meu amor? — Ele olhou para Akemi com um sorriso sem graça.

— Para mim não importa quanto tempo vou viver. Minha expectativa é transmitir ao máximo meu treinamento para o meu filho, Koji. Assim terei feito minha parte para salvar o planeta — afirmou Akemi. — Além disso, temos o sistema de treinamento perfeito, criado por nossa família. Sendo assim, viveremos sempre mais que a maioria — disse, finalizando a frase com uma piscada para todos.

— Mas que treinamento diferenciado é esse, pai? — questionou Koji, muito assustado com a situação. — Vocês não vão morrer logo, né?

— Pode ficar tranquilo, garoto — afirmou Yoh, esfregando a cabeça do filho, sempre com o sorriso largo no rosto. — Estamos usando a tática dos nossos avós. A cada semana revezamos a relíquia, assim conseguimos nos recuperar aos poucos, elevando nossa expectativa de vida!

— Então, se não fosse o acidente, o vovô teria vivido mais?

— Teria, sim, meu filho. E não é só isso — completou Yoh. — Essa tática, que até então só nós, os Ozaki, utilizávamos, é importante também em caso de perda.

— Como assim "perda"? — A cada palavra, Koji ficava mais desnorteado. Ele até conseguia compreender, mas as informações explodiam em sua mente.

— É simples, meu filho. Se eu ou sua mãe falecermos, o outro ainda terá conhecimento suficiente para passar adiante, já que evoluímos juntos. Entendeu?

— Mas então por que simplesmente não guardamos as armas até o dia correto em que as usaremos para salvar a Terra? Assim ninguém morre tão cedo desnecessariamente. — Koji tentava usar uma lógica mais simples, mas sabia que provavelmente não era tão fácil.

— Não é bem assim, garoto. — Yuzo sentou-se na poltrona mais próxima de Koji e o fitou nos olhos. Mesmo tendo quase a mesma idade do adolescente, a seriedade que o casal trazia era tão intensa que pareciam estar décadas à frente. — Nossos genes carregam essa conexão entre as gerações. De acordo com os cálculos, a cada geração o vínculo se torna mais forte, elevando o poder até o dia em que as armas finalmente precisarão ser usadas em batalha.

— Mas tem como ficarmos ainda mais fortes? Meus pais já parecem até monstros!

— Sim, meu filho — prosseguiu Yoh. — Pelos escritos que temos, tudo indica que o último grupo será capaz de uma conexão ainda mais poderosa que a nossa. Por isso é tão importante o nosso sacrifício.

Koji estava assustado e, ao mesmo tempo, maravilhado. Percebeu pela primeira vez como eram verdadeiros heróis. Não apenas os que viveriam na era final, mas todas as gerações, desde os primeiros discípulos de Galileu, eram heróis de verdade. Sem perceber, Koji começou a chorar, e desde aquele momento nunca mais foi o mesmo. A partir dali, tornou-se um homem.

Passaram-se os anos, e depois de um tempo os pais de Koji faleceram. Apesar das práticas de alternância de posse da relíquia que a família costumava adotar, que de fato prolongavam a vida de seus integrantes, era comum esse sistema de treinamento levar ao falecimento quase conjunto dos responsáveis pela adaga. Desde a morte dos pais, Koji passou a viver com os Matsuura, não apenas em razão dos treinamentos, mas porque acabaram se tornando uma família. Aos poucos, o casal ficou menos ranzinza e aceitou melhor a situação.

Os Matsuura viveram até os sessenta e dois anos, quando já eram velhinhos amigáveis, apesar de terem se tornado muito fortes. E, com a ajuda da ciência e os avanços de sua época, foram pais aos sessenta anos de uma bela garota, Matsuura Iyo, que por sua vez teve como mestre e única referência paterna Ozaki Koji. Ele cuidou da garota desde os dois anos de idade como se fosse sua própria filha.

Após o despertar de Absalon, ela passou a morar na casa ao lado, com seus falsos pais, funcionários da mansão de Ikkei. Koji, naquela época, tinha setenta e quatro anos. Ele teve a honra de ser o único usuário de uma relíquia a viver tantos anos, mesmo sendo o único conectado a treinar com ela por tanto tempo. Talvez sua força de vontade para cuidar da garota e a vida alegre que seus pais lhe proporcionaram o tivessem tornado tão forte.

A felicidade na vida é como a ponta de um lápis: mesmo se for quebrada, pode ser restaurada. Mas, assim como o lápis, com o tempo a vida chega ao fim. O que importa não é quantas vezes a ponta quebrou ou quantas vezes ela foi apontada, mas, sim, o que o lápis foi capaz de escrever enquanto a ponta permaneceu ali.

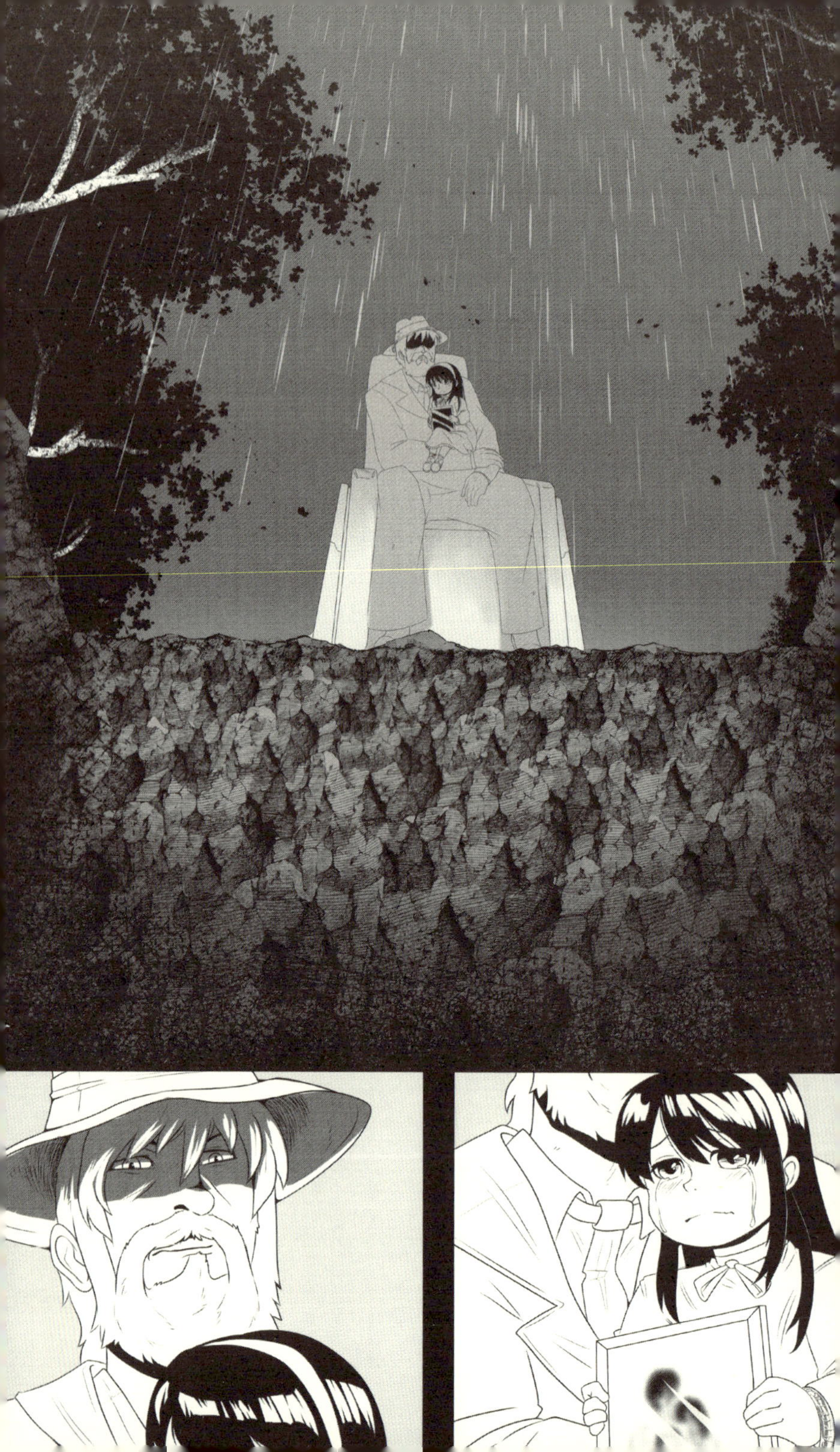

4
ATRAVÉS DAS ESTRELAS

Katsuma abriu os olhos após uma boa noite de sono. Enquanto se lembrava dos últimos momentos de sua noite anterior, questionava-se: *será que tudo foi um sonho? As verdades reveladas, o beijo da Iyo? Tudo está fluindo em uma velocidade tão intensa que não consigo acompanhar!*

Suas emoções pareciam estar prestes a entrar em colapso mais uma vez. Ele se sentou na cama e bocejou enquanto espreguiçava. Ficou parado ali por alguns instantes. Estava com uma leve preguiça de se levantar, e ficar na cama era certamente muito mais confortável que todos os desafios que teria ao atravessar a porta. O teto da maravilhosa mansão de Ikkei simulava um céu lindo e estrelado, mas o horário exibido nele indicava mais de nove horas da manhã.

— Estou atrasado! — disse a si mesmo, pulando da cama assustado com a hora. Ele arrancou o pijama rapidamente, enquanto já seguia para o banho. Ensaboou-se ainda mais depressa, escovou os dentes e se vestiu. Em alguns momentos, seus pensamentos foram para longe, esquecendo-se por alguns instantes da loucura que o dia prometia. Terminou de amarrar os tênis e abriu a porta do quarto às pressas.

Ao sair, respirou fundo e sentiu um aperto na garganta. Seu mundo parou. O coração, que palpitava intensamente pela correria, agora batia devagar, porém ainda com força, como se fosse rasgar-lhe o peito e saltar para fora. Em um instante, sua velocidade e ansiedade foram interrompidas pela mais bela visão que seus olhos poderiam contemplar naquele momento: Matsuura Iyo passando pela porta de seu quarto, indo em direção à escada. Katsuma parecia enxergá-la em câmera lenta, assim como tudo ao seu redor parecia ter parado em reverência à beleza de Iyo. Seus lindos e longos cabelos flutuavam por seu corpo enquanto ela caminhava. Katsuma, paralisado, lembrava-se novamente do beijo, entrando em transe temporário. Lentamente, a garota se virou, voltando o olhar para Katsuma com o sorriso angelical de sempre, indo em direção a ele.

— Katsuma, Katsuma, KATSUMA! — insistiu Iyo, fazendo o garoto sair do transe.

— Ah, oi, Iyo! Desculpe, eu estava distraído.

— Ué, Katsuma, distraído com o quê? Você estava parado, olhando para mim como uma estátua. A princípio pensei que queria me dizer algo, mas só depois percebi que estava com a mente muito longe. Olhava para mim, mas ao mesmo tempo olhava para o nada. Não entendi muito bem. Com o que você estava distraído?

Distraído com sua beleza, ele pensou em dizer, mas lhe faltou coragem. As palavras travaram em sua garganta, enquanto o medo e a timidez novamente bloqueavam seus sentidos.

— Nã-nã-não sei — respondeu, gaguejando, sem coragem de se expor, enquanto sua mente era inundada por um *tsunami* de elogios que gostaria de fazer a Iyo.

Nessa avalanche de emoções e timidez, que habitavam sua mente e seu coração, Ikkei apareceu e deu um abraço na garota.

De onde esse cara surgiu assim de repente?, Katsuma pensou com raiva, mas sem expressar o sentimento.

— Bom dia, Iyo! Você está linda hoje!

Nesse momento, Katsuma arregalou os olhos, sem acreditar naquelas palavras.

— Ah, obrigada, Ikkei — ela respondeu com um sorriso amigável.

Enquanto observava a cena, a fúria secreta de Katsuma fez com que ele ruborizasse fortemente. A raiva contida e o ciúme estavam a ponto de explodir sua cabeça. *Como ele foi capaz de di-*

zer o que eu não tive coragem?!, pensou, revoltado consigo mesmo. *Como eu sou idiota!*

— Você também está aí, garoto? Quase não percebi. Vamos logo comer e ir para o Hexagonal. O capitão Yamamoto já está lá há mais de três horas preparando tudo.

— ESTÁ BOM! — Katsuma gritou e saiu emburrado.

Os dois não entenderam a reação repentina de Katsuma. Afinal, ele nunca conseguiria expor o que sentia em seu coração.

— Aconteceu alguma coisa com ele, Iyo? Ele parece bravo — Ikkei questionou, bem próximo ao ouvido da garota.

— Acho que ele só está preocupado, Ikkei. É muita informação de uma vez só. Tente se colocar no lugar dele.

— Espero que sim — disse Ikkei, pondo a mão no queixo. — Tomara que essa revelação não o leve novamente ao coma. Como sabemos, mesmo não parecendo, ele é uma peça-chave para nossa vitória.

— Sim! Tenho certeza de que dessa vez ele vai superar tudo! — ela finalizou com um sorriso animador.

Já descendo a escada, Katsuma olhou para trás e viu a cena: Iyo sorrindo para Ikkei, e isso o deixou ainda mais furioso.

Olha agora como ela está sorrindo para ele! Que raiva! Katsuma, seu burro, por que não teve coragem de fazer um simples elogio à Iyo?, ele pensou e murmurou consigo mesmo, batendo o pé no chão enquanto caminhava e cerrando os punhos. *Aposto que ele ainda a está elogiando, por isso ela não para de sorrir. Que raiva!*

No térreo, e ao se aproximar da porta que dava para os fundos da mansão, localizada na cozinha, Katsuma pôde ver todos os conectados conversando com o capitão, exceto Iyo e Ikkei, que vinham um pouco atrás dele.

Ainda era manhã, próximo das dez horas, mas o sol já brilhava fortemente. Era possível observar a imensidão daquele jardim fabuloso, que ficava nos arredores do Hexagonal. Os conectados conversavam sentados em um dos bancos espalhados pelo local. Parecia um papo de velhos amigos; eles demonstravam estar se divertindo com os contos do velho capitão.

— Olha quem chegou! — Akio abriu os braços, sorrindo. Já havia muito tempo que o garoto não demonstrava alegria. Desde a morte do amado Red, seus dias foram nublados e frios. Essa cena emocionou Katsuma, que precisou conter as lágrimas para não estragar o momento.

— Fala, Akio! Bom dia, pessoal — ele tentou replicar a energia positiva que vibrava naquele ambiente, apesar de seu coração estar angustiado depois de tantas revelações. E não apenas isso: esconder o ciúme que sentia de Iyo era uma tarefa quase impossível.

Rapidamente, a dra. Murakami se aproximou dele. Provocar Katsuma era uma de suas especialidades, e ela não deixaria a oportunidade passar.

— Ora, ora... Parece que Ikkei e Iyo formariam um belo casal — provocou a doutora dando gargalhadas e divertindo-se com a própria brincadeira.

— Sabe que eu nunca observei nada disso? Tem algo rolando entre os dois? — Mieko inocentemente acreditou nas palavras da doutora. Não tinha maldade o suficiente para perceber a ironia tão sutil de Murakami.

— Esquece isso, Mieko — Anúbis disse, levantando-se do banco, alongando o corpo e esticando os braços para cima. — A dra. Murakami adora ficar de brincadeira, nem tente entender.

— A bela adormecida já acordou, galera! Vamos para o treinamento agora — Ikkei provocou, como sempre. Mas seu tom com

Katsuma não era mais tão grosseiro como antes. Fez uma brincadeira, porque já o considerava um amigo.

Todos mantinham o clima de diversão, rindo e brincando com toda a situação. Anúbis explicava as piadas para Mieko, Ikkei continuava conversando com Iyo, e Akio, curioso, discutia com Murakami como seria o treinamento de um hakai.

— Vamos perguntar ao capitão, Hino — disse ele à doutora.
— Acho que deve ser um treinamento muito bruto — continuou Akio, virando o olhar para Yamamoto, que por sua vez caminhava em direção a Katsuma.

Uma brisa adentrou o jardim, tocando a pele dos conectados. A capa do capitão balançava, acompanhando o seu caminhar. Nesse momento, todos já estavam em silêncio, como se uma poderosa aura de respeito repousasse sobre o local. O capitão desembainhou a espada, que guardava sempre consigo, mantendo o caminhar em direção a Katsuma.

"Será que o treinamento já vai começar?", todos se questionavam, apreensivos.

Akio estava a ponto de explodir vendo o capitão se aproximar com a espada.

— Ele vai cortá-lo, doutora! O que vamos fazer?

Ela apenas olhou para Akio, sem dizer nada.

Então, Yamamoto cravou a espada no chão, em frente a Katsuma, que não entendia o que estava acontecendo. Sem olhar para o garoto, ele mantinha a cabeça baixa e, lentamente, começou a se curvar, colocando-se de joelhos.

— Bom dia, majestade. Sua presença torna meu dia ainda mais completo.

Diante da cena, aqueles que ainda brincavam com Katsuma como se o garoto fosse um deles pararam na hora. O homem mais poderoso que conheciam estava de joelhos diante do alvo das piadas do grupo. O clima mudou por completo. Mesmo que por alguns instantes apenas, o *status* de realeza de Katsuma envolveu o ambiente. Todos se entreolhavam como se finalmente se dessem conta: o herdeiro do trono hakai estava entre eles. Naquele momento, Katsuma tocou o ombro do capitão, sem graça com a situação, já que não sabia como agir, não era acostumado àquilo.

— Bom dia, capitão. Não se preocupe com essas formalidades. Afinal, no momento, sou apenas um garoto humano.

O sorriso que Katsuma expressou trouxe lembranças realmente nostálgicas ao capitão. Como era bom estar na presença de seu príncipe! Yamamoto levantou-se lentamente, segurando a mão do garoto sobre seu ombro esquerdo, e com os olhos brilhando começou a falar:

— Não há formalidade alguma quando meu coração implica total devoção à majestade. Há centenas de anos fiz um juramento e faço questão de cumpri-lo diante das estrelas que dominam este Universo. Serei leal ao príncipe que trará a nossa salvação. Mesmo que precise dar a minha carne e o meu sangue, a você entrego meu coração, minha força e meu respeito. Dê a ordem e obedecerei sem questionar; diga-me para onde ir e irei com o sorriso de alguém que novamente encontrou um motivo para viver.

O capitão mais uma vez começou a chorar.

— Você não se lembra de nada, Absalon, mas ontem eu voltei a viver. Você não sabe como foi estar no exército, quase sem esperanças, sem nada que me levasse a crer que você ainda estava vivo.

O momento era de seriedade e silêncio. Ninguém seria capaz de interferir em sentimentos tão profundos que eram ali demonstrados.

— Chegou a hora de treinar como um verdadeiro hakai! Príncipe Absalon, me dê a honra de estar com você novamente, como fiz no passado. Me dê a honra de ser mais que um simples capitão. Que eu possa viver para vê-lo mais uma vez sentado no trono — ele disse em voz alta, que vibrou aos tímpanos dos conectados como um trovão.

— Claro, capitão, estou pronto! Ainda que o treinamento seja pesado, estou disposto a tudo para salvar aqueles que eu amo. — Nesse momento, Katsuma olhava fixamente para Iyo. — Por isso, eu nunca vou desistir.

Iyo cerrou os punhos, esforçando-se para conter a emoção que sentia. Ela havia entendido a mensagem. Ela havia captado a declaração.

— O tempo reflete a alegria daqueles que um dia sentiram dor para termos paz. Neste momento, estou disposto a passar por essa dor — disse Katsuma, convicto de sua obrigação como Absalon, o príncipe hakai.

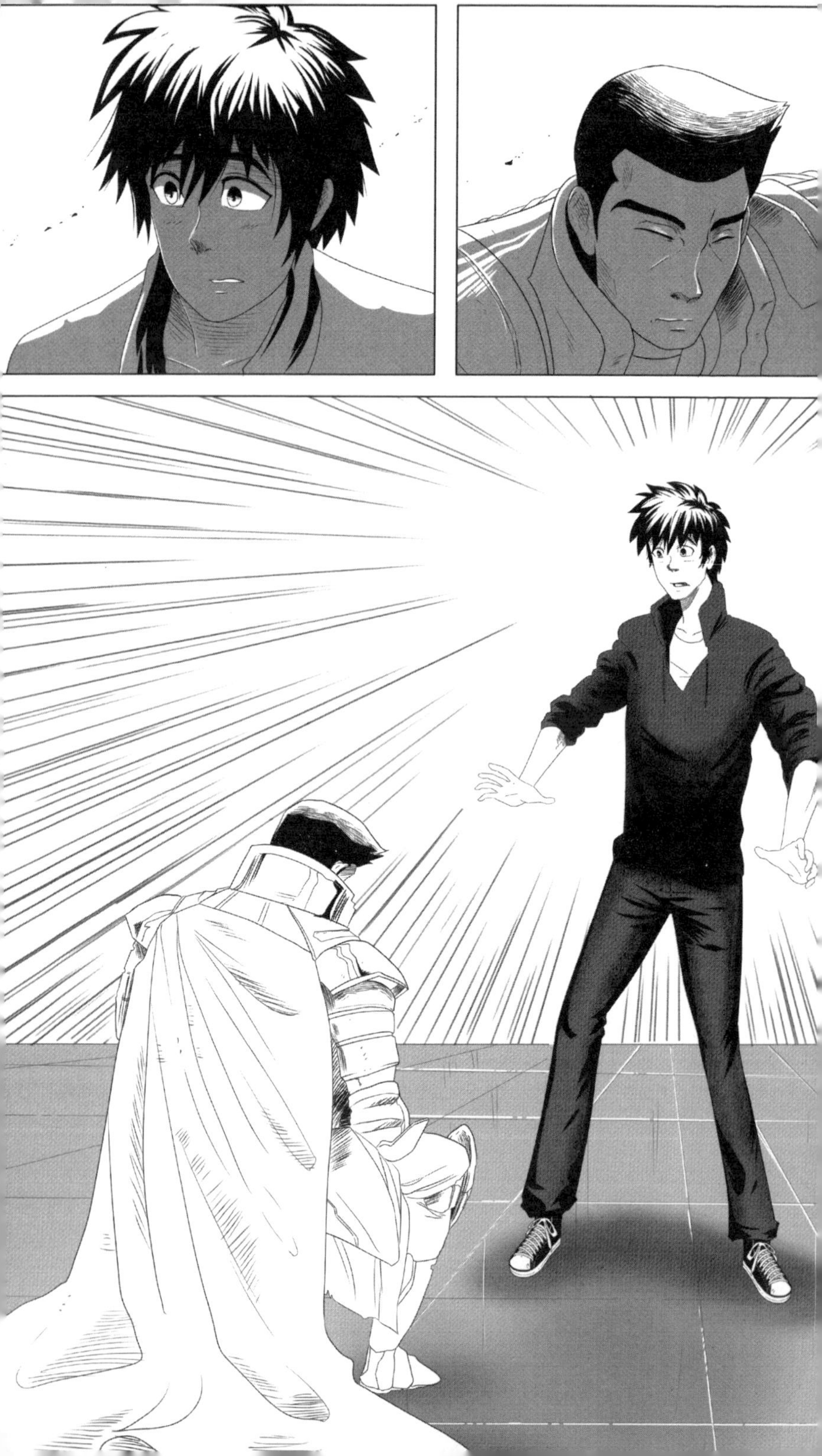

5
O HAKAI MAIS FORTE

Planando sobre a cidade central do Império Hakai, era possível contemplar o mais alto nível de tecnologia já criado no Universo. Naves passavam pelas ruas, cruzando o trânsito por todos os lados e seguindo uma engenharia perfeita. Bem no meio de tudo aquilo estava o palácio imperial. Ele tinha uma arquitetura robusta e complexa. Traços modernos desenhavam a construção, com vidros e estrutura feita de um metal encontrado apenas lá. O colosso ali construído era o reflexo de toda essa suntuosidade. Muros enormes, tanto na altura quanto na espessura, rodeavam o palácio. Apenas pessoas autorizadas atravessavam esses muros, identificadas por DNA. Não havia portas, mas um holograma sólido que liberava e barrava a entrada dos hakai.

Reunidas dentro de toda essa estrutura, no Salão Imperial, estavam as maiores autoridades do planeta. Os três grandes generais, o sábio Zenchi e o imperador. Alguns serviçais também estavam no salão, para receber ordens, caso necessário. O trono, de ouro transparente e pedras preciosas intergalácticas, destacava-se. À esquerda estava A Grande Balança, com areia caindo, o que indicava a destruição futura do Planeta Azul.

— Onde está o capitão Yamamoto?! Como é possível ele ainda não ter lidado com uma situação tão simples?! — berrou o imperador, furioso, para os três generais, ajoelhados à sua frente. Ele andava de um lado para o outro, sem disfarçar o descontentamento e a ansiedade.

— Meu senhor... — disse o general Yakata, quando foi interrompido pelo imperador em fúria.

— AINDA NÃO LHES DEI PERMISSÃO PARA FALAR! — Ele parou de caminhar e raspou o rosto com as unhas, o que demonstrava seu ódio. — AQUELE TRAIDOR! — E chutou um de seus serviçais, que se chocou fortemente contra a parede, quebrando o pescoço e morrendo imediatamente. Os outros serviçais observaram a cena em pânico, mas os generais mantiveram a postura, acostumados a presenciar cenas similares. — Eu sabia que ele estava apenas esperando uma oportunidade para se rebelar contra mim. Quero descobrir agora o que aconteceu! Alícia, levante-se!

— Sim, senhor! — A general deu um salto. Mais parecia uma criança, apesar de ter aproximadamente setecentos e cinquenta anos de idade. Seus cachos loiros balançaram sobre seu ombro, dando à temida e poderosa general hakai um ar de fofura.

— Vá agora mesmo ao Planeta Azul e resolva essa questão. Elimine o traidor, elimine quem estiver próximo a ele, elimine o que você vir pela frente! — A inquietude do imperador amedrontava todos no salão.

— Senhor imperador, me perdoe, mas posso me pronunciar? — o sábio Zenchi, que participava da reunião, se manifestou sutilmente.

— Pode falar, Zenchi — disse o imperador, levantando a mão direita, movimentando sua capa. Ele se sentou no trono, escorando o cotovelo no assento, com a mão no queixo. — Diga logo porque eu não aguento mais gastar palavras com idiotas!

— Senhor imperador — ele disse calmamente, com sua voz rouca. — Ainda não sabemos se de fato o capitão Yamamoto cometeu algum ato de traição. Sei bem dos indícios e reconheço a posição dele em relação ao seu governo, mas a general Alícia representa nossa maior força. Não acredita que enviá-la para uma missão tão simplória possa criar uma abertura para as pessoas desconfiarem de sua posição? Podem até mesmo dizer que o senhor está com medo, não acha? — Zenchi sabia que o imperador tinha medo, mas se expressou de maneira cordial, para não ofender nem expor diretamente o seu superior.

— Você sabe muito bem a força que o capitão Yamamoto tem, Zenchi. Não podemos subestimá-lo. Ele já ocupou o cargo da Alícia há alguns anos e o fez com maestria.

— Certo, senhor, mas aqui precisamos agir politicamente. Que tal enviarmos o general Yukata para o serviço? — Zenchi manteve o respeito. — Claro, se a majestade estiver de acordo.

— Hahahaha! — gargalhou o imperador. — Você quer enviar o nosso general mais fraco para enfrentar o traidor do Yamamoto? Ele o destruiria facilmente. Houve uma época em que ele era mais forte até mesmo que eu. — As risadas do imperador não eram apenas de deboche, mas também de raiva. — Se Yamamoto estiver contra nós, preparem-se, pois teremos um problema realmente grande.

O general Yukata Riki manteve-se em silêncio. Não se importou com a atitude do imperador. Entre os três generais, era o mais frio. Não demonstrava emoções. Apenas aceitou o fato de a afirmação do imperador ser verdadeira e se manteve de joelhos.

— Não quis dizer isso, senhor, perdoe minha má explicação. — Zenchi sempre mantinha o respeito e a solenidade. — Quero enviá-lo para averiguar a situação e descobrir onde exatamente o capitão está. Se Yamamoto agir com agressividade, tenho certeza de que o general Riki conseguirá escapar e possivelmente sairá vivo. Então tomaremos providências.

— Certo, Zenchi, sei que devo ouvi-lo como o sábio que é, mas a providência, ao fim de tudo, não será enviar a Alícia de qualquer maneira?

— Meu senhor, se me permite afirmar, Alícia é não apenas a general mais forte que existiu como também a hakai mais forte que já conheci nos meus quase quatro mil anos de vida. Sua presença conosco é mais do que necessária.

Alícia engoliu em seco quando ouviu Zenchi dizer que ela era uma hakai. Já estava acostumada a ser chamada de general, o que era apenas um título, mas, quando tratada diretamente como alguém da mesma espécie, seu estômago se embrulhava, trazendo à tona as memórias de seu passado. As explosões em seu planeta, as mortes de seus amigos, o cheiro de sangue inocente e os gritos ecoavam em suas lembranças, despertadas pelo gatilho de ser comparada, mais uma vez, àqueles monstros que se consideravam superiores. A voz de sua mãe implorando por ajuda se mantinha cravada na memória. Por mais que a situação fosse comum, ela nunca poderia se acostumar.

— Certo! Vou descansar, para mim já chega! Decida tudo com eles, Zenchi, afinal é para isso que você está aqui — disse o imperador, levantando-se do trono e seguindo para os seus aposentos com total impaciência.

— Obrigada pelos elogios, sábio Zenchi — Alícia disse, também se levantando, com o ar de superioridade de sempre. — Mas gostaria muito de matar aquele infeliz do Yamamoto e acredito que suas palavras tiraram de mim esse prazer.

— Não foram elogios, Tyra. Eu falei apenas a verdade. Quanto ao seu desejo, pode guardá-lo para você. Aqui o objetivo é pensar no bem do nosso império e no equilíbrio do Universo.

Zenchi aproximou-se dela, fitando os olhos da garota, demonstrando a superioridade hierárquica que havia ali. Por dentro, no entanto, seu espírito tremia ao sentir a pressão inigualável de poder que emanava da general Tyra Alícia. Então, voltou o olhar para os outros dois generais que ali estavam.

— E isso vale para todos! Aqui não temos tempo para gentilezas e falsidade, falamos abertamente. Tampouco temos espaço para desejos pessoais! Não importa se foi um aparente elogio ou uma ofensa, esperamos que levem tudo com o máximo de seriedade. — Então, trocou o foco, fitando o general Yukata Riki. — Por acaso ficou ofendido com as palavras do imperador, Yukata? Sentiu que ele quis ofendê-lo ao afirmar que você é muito mais fraco que o capitão Yamamoto?

— De maneira alguma, sábio Zenchi. O poder do capitão Yamamoto está além das minhas possibilidades atuais, disso tenho certeza. — Ele tinha a voz grave e falava como um robô, sem expressar emoções. — E não me importo no momento com isso, até porque, com exceção da general Tyra, somente o imperador pode enfrentá-lo. Estou correto? Não podemos subestimá-lo. As palavras do nosso imperador foram mais do que sensatas.

— Subestimá-lo? — com uma voz leve e calma, o general Sebastian Vidar se pronunciou. — Zenchi, convenhamos. Com minha irmãzinha aqui, não há o que temer! Além disso, eu também poderia lutar com ele em pé de igualdade — concluiu, jogando para o lado os cabelos longos, revelando o desprezo pela situação.

Alícia sorriu ironicamente e cruzou os braços, enquanto o irmão prosseguia, observando a superioridade que eles, como cidadãos de Yosa, conquistaram em tão pouco tempo.

— Que venham não apenas o capitão Yamamoto, mas um exército. Ainda assim não seriam páreo para a minha irmã sozinha.

— Disso não tenho dúvidas, Vidar, mas todo esse orgulho pode ser a sua ruína — alertou Zenchi. — E também a ruína de sua irmã — arrematou a frase olhando para Alícia.

— Sábio Zenchi, Alícia e eu fomos os soldados que subiram de patente de maneira mais rápida em toda a história do nosso exército. Não se consegue isso subestimando os adversários. — Vidar jogou os cabelos para o lado novamente e, depois, os colocou atrás das orelhas, mantendo um olhar leve, mas sombrio. — Como o senhor bem sabe, estar aqui exige não apenas força bruta, isso deixamos para os tenentes que nunca alcançarão posto maior. Se minha irmã é a primeira-general e eu o segundo, é por puro merecimento e um esforço sem igual — disse Vidar sem mudar a expressão de serenidade e orgulho no rosto.

— Certo, Vidar, reconheço seus esforços, mas não estamos aqui para debater isso. Seu ego inflado não é o tema da reunião.

— Como desejar, sábio Zenchi! — finalizou o general Sebastian Vidar com certa ironia.

— General Yukata, enviarei as informações de sua missão em breve. Acredito que já debatemos o suficiente. A princípio, vamos fazer o básico. Depois que você descobrir o que está acontecendo, tomaremos novas decisões ao lado do imperador.

— Sim, sábio Zenchi — disse ele, curvando-se levemente, com a mão direita sobre o peito esquerdo.

— Está liberado! Quanto aos irmãos, fiquem. Precisamos ter uma breve conversa.

Yukata caminhou pelo amplo salão do imperador até a porta. Seu tamanho, sua postura e seus músculos causavam muito medo. Mas o que trazia verdadeiro terror era sua personalidade fria e inabalável. Ele não conhecia a mentira; fora treinado para ser sincero e direto, não importando a situação. Essa franqueza o levou à autocrítica, que automaticamente o levou à constante evolução, tornando-o assim tão poderoso.

— Sebastian, confia tanto assim na força da sua irmã? — o sábio Zenchi continuou instigando-o.

— Sem dúvida! Arriscaria minha vida para confirmar isso.

Naquele exato momento, Zenchi arremessou uma adaga com tamanha velocidade e precisão que cortaria a garganta de Sebastian sem que ele ao menos percebesse. De repente, Vidar sentiu um vento tão poderoso que levantou sua capa. Alícia estava ao seu lado. Os olhos do general Vidar viram a adaga a poucos milímetros de sua jugular, segurada por Alícia, que havia pouco estava a mais de cinco metros de distância. Com apenas dois dedos, ela protegera a vida do irmão. Com apenas dois dedos, ela salvara a única família que havia lhe restado. Por debaixo da franja, ela fitou Zenchi, que tremeu diante do olhar amedrontador da garota.

— Explique-se ou o reino perderá o seu maior sábio — Alícia impôs sua sentença.

— Simples. — Zenchi disfarçou o medo que agora o dominava. — Quem não é capaz de se defender não deve se vangloriar da força de outro. Não concorda, general Tyra?

Ela baixou a guarda, mas sem mudar a expressão assassina em sua face.

— Se não fosse pela sua irmãzinha, Vidar, agora você estaria morto. E, então, de que adianta todo esse ego se uma arma tão simples é capaz de matá-lo? Ainda mais lançada por um velho como eu, fora de sua plenitude.

Zenchi sabia bem que era conhecido por seus dias de glória. Sua maior especialidade eram armas pequenas de assassinato rápido. A cada palavra sarcástica do sábio, a pele de Alícia se arrepiava, e a general era envolvida por um ódio quase incontrolável.

— Mas não se preocupem, foi apenas uma brincadeira — disse ele, rindo e devolvendo as ironias recebidas de Vidar. — Eu sei que você conseguiria se defender caso Alícia não estivesse aqui, não é verdade?

O salão manteve-se em silêncio por alguns segundos.

— Estão os dois dispensados — Zenchi quebrou o silêncio. — Aguardem novas ordens.

Abraçados, os generais caminharam para fora do palácio. Então, Alícia prometeu:

— Irmão, não se preocupe. Ninguém poderá nos separar. Se esse velho tentar algo estúpido novamente, nem perceberá o que o atingiu. Você tem a minha palavra.

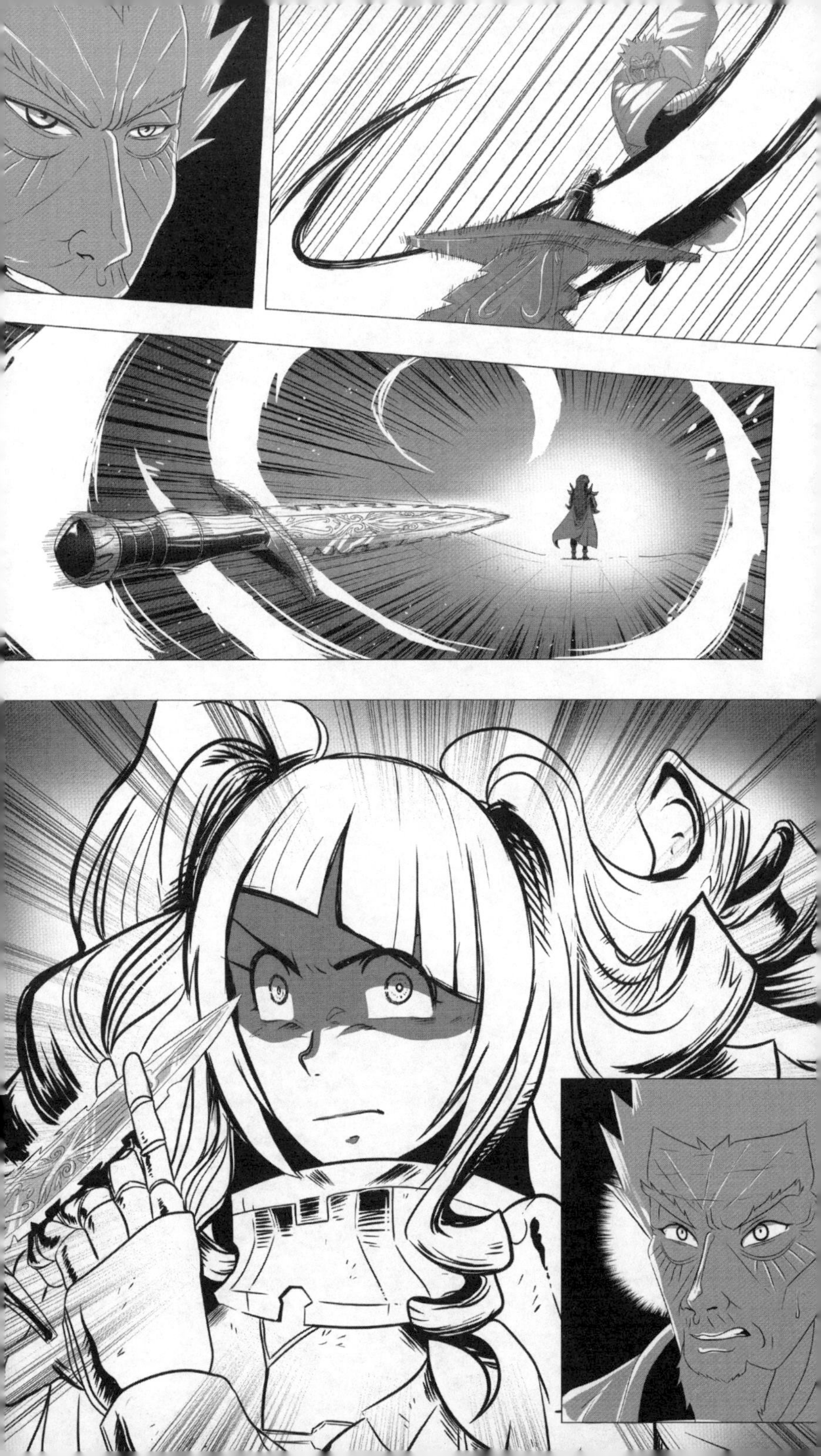

6

ESTAREI
AQUI

Na mansão de Ikkei, todos pareciam apreensivos com o treinamento que estava por vir. Os conectados estavam a alguns metros de onde o treino aconteceria, no pátio entre o Hexagonal e a mansão. Dra. Murakami estava em pé ao lado do banco em que professor Nagata, Ikkei e Anúbis permaneciam sentados; Mieko e Iyo, sentadas na grama. O único diferente era Akio, em pé no banco ao lado de Murakami. Como ele era o mais baixo, mantinha-se ali para não perder nenhum detalhe. Afinal, os hakai que eles viram eram extremamente poderosos, o que teria de diferente em seu treinamento?

— Dra. Murakami, estou preocupado com o Katsuma — disse Akio, sussurrando no ouvido dela. Estava na ponta dos pés, equilibrando-se no banco. — Ele ainda está muito machucado e o capitão é extremamente forte, os ferimentos dele podem piorar.

— Vamos manter a postura, Akio — ela respondeu da mesma maneira, sussurrando. — Como podemos observar, parece que nenhum de nós tem maior respeito e admiração por Katsuma que o próprio capitão. Ele nunca faria algo que o colocasse em risco.

— Olha a Iyo, doutora. — Eles a viram sentada na grama, abraçando as pernas e observando fixamente o treinamento que estava para acontecer. Era visível todo o seu nervosismo e medo. — Parece que ela não está preparada para ver o Katsuma apanhar.

A doutora riu baixinho, colocando a mão direita sobre a boca.

— Só você mesmo, Akio — sussurrou.

— Como assim, doutora? Não entendi a risada. — Akio parecia confuso, enquanto coçava a cabeça.

— Você utilizou a palavra "apanhar", Akio, como se fosse uma mera briguinha de rua. Achei bem engraçado! Bom, vamos aguardar e ver o que acontece.

— Ahhh!!! — bocejou Ikkei, espreguiçando-se e esticando os braços para cima. — Vamos treinar também, pessoal! O mundo não depende só do principezinho aí, não!

Naquele momento, Ikkei tinha quebrado toda a expectativa dos conectados, que não imaginavam treinar também, mas seu verdadeiro intuito era tirar a tensão do ambiente.

— Mas, Ikkei, não podemos treinar. Estamos muito feridos ainda. — Akio se pronunciou, sem perceber a intenção do amigo, que o fitou e cerrou os dentes.

— Não tem problema, não, Akio. Nosso corpo precisa de treinamento.

Mesmo com contestações, todos foram para o Hexagonal, com exceção do professor Nagata, que permaneceu ali, curioso. Ele estava sentado no banco com os cotovelos apoiados nas pernas e o queixo sobre as mãos. Parecia estar paralisado, focado apenas no treino que viria.

— Deixa de ser vacilão, Akio. Quando chegarmos ao Hexagonal você inventa alguma coisa pra gente fazer — sussurrou Ikkei, repreendendo o amigo.

— Mas por que tem que sobrar pra mim?!

— Vem, Akio, confio em você.

Alguns metros adiante, Katsuma via os amigos debatendo, com as vozes diminuindo lentamente a cada passo. De repente, percebeu um soco vindo em sua direção. Ele desviou por pouco, sendo atingido apenas de raspão, mas foi o suficiente para que caísse no chão. Ele colou a mão sobre o rosto, com uma expressão de dor.

— O que foi isso, capitão?

— Desculpe-me, Absalon, mas preciso conhecer os seus limites. Preciso entender se o seu espírito ainda está aí.

Yamamoto continuou, ininterruptamente, uma sequência de golpes contra Katsuma. Ele não atacava com o máximo de sua força, senão o garoto morreria. A cada golpe, era possível ver o desespero de Katsuma, tentando incansavelmente buscar forças para se defender.

— Vamos, Absalon! Acorde! Venha com toda a sua força!

Então Yamamoto desferiu um chute que Katsuma foi capaz de defender. Nesse momento, um vento forte passou por eles. O capitão olhou ao redor e entendeu o que havia acontecido.

— Pelo visto, o meu príncipe ainda está aí dentro, com força total!

— O que você quer dizer com isso, capitão?

— Príncipe Absalon! Como eu falei, hoje você vai treinar como um verdadeiro hakai. Eu precisava testá-lo antes para compreender se o seu espírito estava preparado — Yamamoto disse isso enquanto removia a armadura e mantinha sua roupa comum: uma camiseta branca e uma calça preta. — Tire os seus tênis também.

— Certo, capitão! — Enquanto descalçava os tênis, Katsuma suava frio, pensando em como seria esse tal "treinamento hakai" e em quão doloroso ele poderia ser. Se ainda não havia começado e já estava tão difícil, o que ele poderia aguardar?

— Sabia que as armaduras dos hakai não são apenas para nos defender? — disse Yamamoto, caminhando para longe de Katsuma.

— Não sabia! Qual é a outra função delas?! — Katsuma aumentava cada vez mais a força de sua voz. Nesse momento, o capitão parecia estar a mais de trinta metros de distância.

— VOCÊ VAI ENTENDER AGORA, ABSALON! — Ele continuou caminhando até chegar às extremidades da mansão de Ikkei, a aproximadamente cem metros de distância.

— O QUE VOCÊ QUER DIZER? — Enquanto terminava a frase, em milésimos de segundo, o capitão estava à sua frente. — Como isso é possível?

— Venha comigo, Absalon, você já conhecia essa técnica. Está na hora de relembrá-la.

Ainda pasmo, Katsuma se mantinha calado, caminhando ao lado do capitão.

— As armaduras diminuem nossa velocidade e, automaticamente, nossa força.

— Então quer dizer que você não estava na plenitude de sua força quando batalhou conosco? — Atônito, Katsuma percebia quão fraco eles eram.

— Exatamente, Absalon!

— Então por que usar as armaduras se elas inibem sua força?

— Esse é o ponto! Nós atingimos uma velocidade tão alta que, durante a batalha, isso vai destruindo nosso corpo: tanto os golpes, que machucam não apenas o adversário mas também a nós mesmos, quanto a velocidade em si, que fere nossos órgãos internos.

— Mas como vocês conseguem isso? Essa é a técnica que quer me ensinar?

— Não quero ensinar a velocidade em si, Absalon. Mas o método que vai permitir a você ter não apenas velocidade, mas uma enorme percepção em batalha. Agora vai começar o verdadeiro treinamento hakai!

Yamamoto aproximou-se de Absalon, que não sabia o que esperar. O medo aumentava a cada momento. O olhar do capitão era como uma flecha, o que elevava sua ansiedade ao grau máximo. Ele estava tremendo quando o capitão se sentou na grama, em posição de lótus, e o convidou a fazer o mesmo. Nesse momento, o medo se esvaiu e uma brisa leve passou a tocar a pele dos hakai que ali estavam. Sentado no banco, o professor Nagata observava, sem entender o que acontecia.

Que tipo de treinamento será esse?, ele pensou, pressionando os óculos contra o rosto com o indicador da mão esquerda.

— Feche os olhos, Absalon, respire fundo e me diga: está sentindo a natureza?

— Como assim "sentindo a natureza"? Acho que sim, está um ventinho leve, estamos na grama, acho que a sinto, sim.

— Não, meu príncipe, falo de realmente SENTIR a natureza. Vou explicar. Apenas duas raças podem dominar essa técnica. Uma delas é a nossa, os hakai.

— Qual é a outra?

— Aquela que o seu pai morreu tentando salvar. Eles são conhecidos como nossos irmãos, os habitantes do Planeta Yosa, que já não estão mais entre nós. Podemos concluir, então, que é uma habilidade exclusivamente hakai. Agora, veja e aprenda.

Yamamoto fechou os olhos, pôs as mãos sobre as pernas e se concentrou. A brisa ficou sutilmente mais forte. Então ele abriu os olhos e sorriu.

— Esse é o verdadeiro treinamento hakai, dado somente às maiores patentes e à realeza, o segredo que distingue o comum do diferente, que traz a separação entre você e o mero humano que pensa ser.

— Como assim? — Katsuma questionou, pensando: *Esse velho está louco, não aconteceu nada aqui.*

— Nós, os hakai, podemos sentir a natureza e nos conectar com ela. Isso gera uma mudança bem sutil ao nosso redor. O ar está mais úmido, você pode perceber pelas gotas na grama.

Katsuma observou e percebeu que apenas no raio de um metro, ao redor de Yamamoto, era mesmo possível ver as plantas com gotículas. A grama estava realmente mais úmida, fascinante.

— E não é somente isso, meu príncipe. A brisa ficou ligeiramente mais forte, além de outras mudanças sutis que, em geral, ocorrem. Mas o foco não está aí, a mudança é apenas o reflexo da conexão bem-sucedida. A nossa conexão com esses elementos cria uma força interna que nos dá maior velocidade e percepção. Com essa conexão, posso sentir movimentos feitos em um raio de até dez metros de distância; com treinamento, pode-se alcançar ainda mais! Atualmente, apenas a primeira-general dos hakai tem uma conexão mais forte que a minha.

— O quê? Quer dizer que existem outros ainda mais fortes que você? — Katsuma se assustava a cada palavra, conforme descobria quão fraco era.

— Apenas dois, acredito eu. — Yamamoto olhou para o céu azul, lembrando-se dos perigos que viriam em breve. — Alícia, a primeira-general, e o imperador. Esses têm uma força além da minha, com absoluta certeza.

— Mesmo com armadura não fomos capazes de fazer nada contra as suas habilidades. Que poder absurdo é esse que está prestes a chegar?

— Absalon. — O capitão sorriu, inclinando a cabeça. — Se você não tivesse parado o treinamento, hoje seria mais forte que eu.

Katsuma entendeu a mensagem, que só reforçou o que já tinha decidido havia alguns segundos.

Vou derrotar o que vier pela frente. Se o meu lar precisa de mim, estou aqui para protegê-lo.

Nesse momento, Katsuma percebeu um pássaro ao seu lado, mas, quando se virou para olhar, ele estava a sete metros de distância.

O que aconteceu? Como eu fiz isso?, ele pensou, não entendendo o que havia feito de diferente.

— Capitão, preciso de sua ajuda, não sei como me conectar com a natureza.

Então o capitão se aproximou e deu um soco no braço do garoto, que caiu.

— Interessante — ele disse, observando o próprio punho.

— O QUE TEM DE INTERESSANTE EM ME SOCAR?! — Katsuma gritou, sem entender a atitude repentina de Yamamoto.

— O seu corpo já não é mais o mesmo, Absalon. Acredito que seu espírito continua igual, mas seu corpo físico demonstra algumas limitações.

— O que isso quer dizer? Não serei capaz de me conectar com a natureza?

— Não é isso. Como eu disse, seu espírito parece ser o mesmo, então não terá problemas em se conectar com a natureza. Mas algo no seu corpo físico me parece enfraquecido. Bem, seja como for, sente-se. Vamos seguir com o treinamento.

Katsuma sentou-se novamente. Concentrou-se ao máximo, mas não sabia como fazê-lo.

— Visualize o invisível, Absalon. Tente enxergar a natureza, tente ser parte dela.

Katsuma apertou os olhos fechados, tentando ao menos entender o que aquilo significava, mas sem sucesso.

— Tenha calma, Absalon, hoje é o nosso primeiro dia de treinamento. Tenho certeza de que o caminho pela frente será longo. Não desista!

— Capitão Yamamoto, já passei por muita coisa até aqui. Fique tranquilo. Desistir não é uma opção!

Naquele momento, alguns fios de cabelo de Katsuma se moveram e os olhos de Yamamoto se arregalaram.

Sem dúvidas, é ele. Em pouco tempo, terei o meu príncipe de volta, o capitão pensou, aliviado.

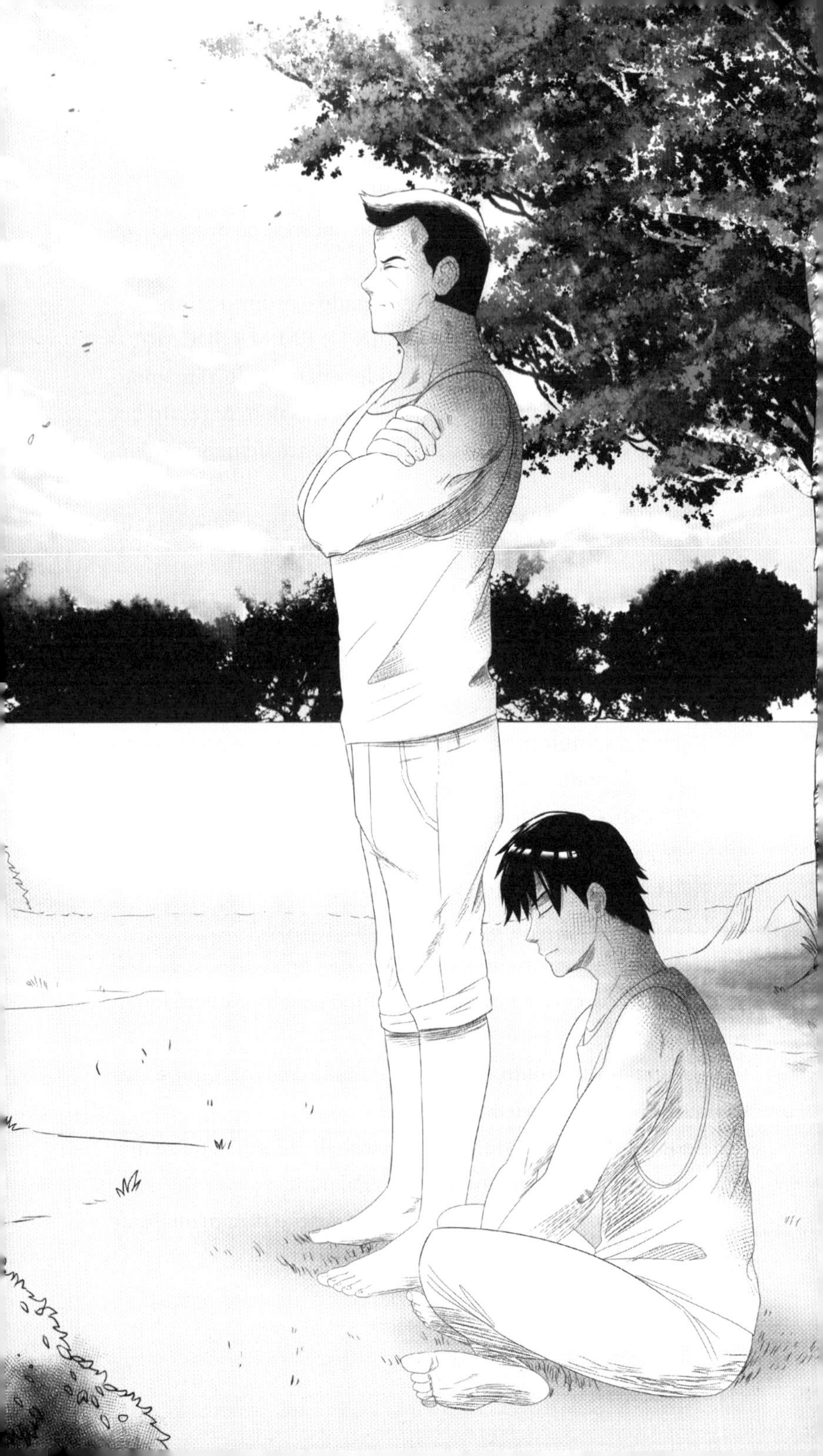

7

MAJESTADE

Eram três horas da madrugada, todos estavam dormindo na mansão, exceto o capitão Yamamoto e o jovem Katsuma, que mantinham o treinamento, sem grande evolução.

— Absalon, vamos descansar. Já passamos muito do horário. — Yamamoto olhou para o céu e observou a única lua do Planeta Azul. Ela trazia lembranças de bons dias ao lado de seu imperador, já que refletia uma luz branca que lhe dava a sensação de honra e soberania.

— Só mais um pouquinho, capitão, eu tenho certeza de que vou conseguir — Katsuma respondeu, cerrando os punhos e se esforçando mais e mais.

Yamamoto tocou o ombro dele, com um olhar de respeito, esboçando um leve sorriso.

— Meu príncipe, se você não dormir, como vai repor as energias? Amanhã, todos estarão acordados. Trocar o dia pela noite não faz sentido. Concorda?

— Tudo bem, capitão. — Ele se levantou da posição de treinamento, tropeçando.

— Opa! Tenha cuidado — disse Yamamoto, segurando Katsuma, entrelaçando o braço dele sobre seus ombros. — Parece que suas pernas travaram de tanto ficar nessa posição.

Os dois riram bastante. Um breve momento de paz novamente habitava ali. Ainda mancando, Katsuma se dirigiu à porta da mansão que dava para a cozinha, apoiando-se em Yamamoto. Depois de ajudá-lo a subir a escada, o capitão se despediu, seguindo para o seu quarto. Katsuma fez o mesmo.

Enquanto abria a porta do quarto, Katsuma viu, no fim do corredor, à sua direita, a porta do quarto da Iyo. Seu coração acelerou. Passar algumas horas longe dela já era o suficiente para sentir saudades.

— Ah, Iyo. Como eu gostaria de ter coragem para dizer o que eu sinto — ele disse em voz baixa, suspirando em seguida.

— Dizer o que a ela? — Mieko apareceu de repente, surpreendendo-o.

— AHHHH! Que susto, Mieko, como você chega assim do nada?

— Eu estava fazendo um lanchinho, sabe como é, né? Acordei com um pouquinho de fome — disse, acariciando a barriga. — Mas, então, o que tem a Iyo? — ela insistiu, claramente provocando o amigo.

— Eu não disse nada, Mieko, para de bobeira! Você entendeu errado.

— Tudo bem, Katsuma. — Ela sorria, enquanto voltava para o quarto. — Mas, se não tem coragem nem de expressar os seus sentimentos, como vai ter coragem para salvar o planeta? — Após essas palavras, Mieko entrou no quarto.

— Ela está certa — Katsuma continuou sussurrando, enquanto também entrava em seu quarto.

Ao olhar para a cama, percebeu uma pequena vasilha com um bilhete. Ele se aproximou e, pela letra, percebeu que se tratava de um bilhete de Iyo.

Não quero perder você. Não quero que você deixe de ser o meu Katsuma. Hoje, quando passamos por você, no treinamento, fiquei observando-o o tempo todo, mas estava tão concentrado que não me viu passar. Pela primeira vez, senti que estava distante de mim. Não pude olhar nos seus olhos novamente antes de dormir, e isso me doeu muito. Desculpe se estou sendo egoísta, mas tenho medo. Medo de você deixar de ser quem é, medo de perdê-lo. Tenho medo de, um dia, nunca mais poder vê-lo, nunca mais poder sentir seu cheiro e estar ao seu lado. Por favor, Katsuma, não se esqueça de quem você é; se não fizer por você, faça por mim. Aqui está um bolinho de arroz que preparei pensando em você. Espero que, por meio dele, eu consiga passar meus sentimentos. Te amo, Ozaki Katsuma! — Matsuura Iyo.

Uma lágrima tocou o papel. Katsuma não aguentou segurar a emoção. Depois de esfregar o rosto com o antebraço, ele pegou o bolinho de arroz lentamente. As lágrimas não paravam de sair, até que ele deu a primeira mordida. Era um sabor que ele nunca havia experimentado na vida, era diferente. Naquele momento, ele sentiu uma emoção forte e única. As lágrimas pararam e uma enorme paz o envolveu. Era o amor de Iyo depositado ali. Ele conseguiu sentir toda a emoção descrita na carta, como se Iyo estivesse presente, abraçando-o, beijando-o, dando força a ele.

A cada mordida, seu espírito era envolvido por uma paz indescritível, um sentimento com o qual ele nunca tivera contato.

Como é possível o que eu estou sentindo agora? É como se a Iyo estivesse aqui comigo!, ele pensou.

Um vento forte passou pelo quarto rapidamente, balançando suas roupas, o lençol e as cortinas. Quando Katsuma foi fechar a janela, percebeu que ela já estava fechada. Por alguns segundos, permaneceu paralisado, tentando entender o que havia acontecido. Através da janela observou a lua, que brilhava fortemente.

O que está acontecendo comigo?, ele se questionou em pensamento.

Após tomar banho, ele se deitou na cama, ainda sem sono, buscando entendimento para tantos acontecimentos em sequência. Aos poucos, o cansaço dominou seu corpo, mas, quando estava prestes a dormir, uma voz chamou:

— Katsuma, Katsuma! — ele pensou ter ouvido a voz de Iyo.

Rapidamente ele foi ao quarto dela. Abriu lentamente a porta e percebeu que ela estava em sono profundo. Fechou a porta e sacudiu a cabeça. Estaria tendo alucinações? Voltando pelo corredor, ouviu novamente uma voz chamando, mas percebeu que ela vinha do lado de fora. Desceu a escada e saiu. O vento estava agitado, as folhas das árvores flutuavam ao seu redor.

— Katsuma, Katsuma — ele continuava ouvindo uma voz feminina chamando repetitivamente. — Katsuma, Katsuma!

Nesse momento, um trovão cortou o céu. Em meio ao som ensurdecedor, a voz chamou novamente:

— ABSALON!

Então começou a chover. Sua feição se transformou. Nenhuma dúvida mais habitava sua mente. Ele se sentou, fechou os olhos e o vento voltou a ser uma brisa, em meio às gotas de chuva que caíam do céu. Ele se colocou de pé e, em milésimos de segundo, estava no quarto de Yamamoto.

— Capitão, acorde.

— Absalon? — Yamamoto esfregava os olhos, ainda embaçados pelo sono.

— Não é tempo para dormir, precisamos agir agora!

Ao ver a postura do príncipe, Yamamoto ajoelhou-se.

— Absalon! Meu príncipe! Sabia que o veria novamente.

— Levante-se, amigo, sabe que não precisamos dessas formalidades.

Eles se abraçaram, em meio a lágrimas.

— Yamamoto, obrigado por sua honra! Obrigado por seu esforço! Agora já não há mais o que treinar. Eu me lembro de tudo!

O alvoroço acordou os conectados, que saíam do quarto, um a um — exceto Iyo, que havia dormido tarde, após fazer o bolinho de arroz, e estava exausta. Absalon, o príncipe, saía pela porta do quarto de Yamamoto. Sua postura era de soberania e poder. Mesmo vestindo um simples pijama, era possível sentir sua realeza.

Os conectados estavam à frente de seus quartos, observando a cena.

— Nobres amigos, obrigado por terem cuidado de mim enquanto ainda não tinha lembranças de quem eu era. Jamais me esquecerei de sua bondade comigo.

— O quê? Do que Katsuma está falando? — Mieko questionou.

— Katsuma é sonâmbulo? — perguntou Anúbis.

— Não acredito que seja isso — Ikkei tomou a palavra. — Ele se lembrou de quem é. Não é mais o Katsuma que conhecemos — disse, ainda sem acreditar por completo.

Absalon caminhou em direção a Ikkei, fitando o olhar do rival.

— Obrigado pela hospedagem. Não fosse por sua disposição para reunir e aceitar o grupo em sua mansão, provavelmente teríamos morrido. Jamais me esquecerei da amizade de todos vocês.

— Katsuma! — Akio gritou enquanto corria em sua direção. — Você ainda está aí?

Absalon se abaixou, abraçando o amigo.

— Claro, Akio, eu nunca me esquecerei do que vivemos juntos aqui. Você foi um grande amigo — disse, esfregando o cabelo azul de Akio. Então levantou-se, olhando cada um dos companheiros. — Não precisam mais se preocupar com o Planeta Azul! Depositem sua fé em mim. Não vou falhar.

Nesse momento, todos sentiram a mudança que estava ocorrendo. Chamar a Terra de Planeta Azul era uma característica dos hakai; somente eles falavam assim.

— Katsuma! O que vai acontecer agora? Estamos a salvo? Você voltará ao seu planeta e solucionará tudo? — perguntou a dra. Murakami, parecendo não acreditar no príncipe.

Ele se pôs frente a ela em instantes, com um forte vento que durou milésimos de segundo.

— Sim, doutora. Não há mais preocupações — ele afirmou com um sorriso, tocando os ombros dela.

Murakami engoliu em seco. Entendeu que não estava mais conversando com o humano e comum Katsuma. À sua frente estava um poder maior que o do próprio capitão Yamamoto.

— Amigos! Irei com o capitão para meu planeta. Lá reuniremos forças para acabar logo com essa farsa! Não permitirei que nenhuma vida aqui seja perdida.

— Mas não acha que isso pode ser muito perigoso, mesmo para você? — o professor Nagata retrucou.

— Professor, fique tranquilo. Não chegaremos lá sem um plano. Tenho certeza de que o príncipe e eu conseguiremos muitos aliados — respondeu Yamamoto.

— Não somente isso. Se for necessário, darei a minha vida.

— O que está acontecendo aqui? — Iyo abriu a porta do quarto, ajeitando os longos cabelos com um nó na altura dos ombros. — Por que estão reunidos? Por acaso estão se divertindo sem mim? — Ela sorriu como sempre, sem saber o que se passava ali.

— Como você é linda — disse Absalon, sem conseguir controlar a própria voz. Era como se a verdade sobre a beleza de Iyo fosse tão grande que ele não pudesse guardar para si.

— Katsuma? Você está diferente. O que está acontecendo?

Os olhos de Absalon se encheram de lágrimas, até transbordarem. Ao olhar para Iyo, sua majestade caía por terra. Em sua mente, cenas começaram a se misturar. Sua fuga do planeta Hakai, o beijo de Iyo, a morte de seu avô, a morte de seu pai verdadeiro. Uma avalanche de memórias e sentimentos veio à tona, explodindo sua lógica, finalizando com a carta e o bolinho feitos por Iyo.

— Iyo… eu… você… AHHHHHH!! — Sua cabeça começou a doer e ele caiu de joelhos, aos berros. Sentia uma dor insuportável, semelhante à morte. E, assim como aconteceu das outras vezes em que suas memórias voltaram, desmaiou.

Aos olhos de todos, Katsuma era Absalon. Mas, aos olhos de Iyo, Absalon era Katsuma. Afinal, o que diferencia o príncipe hakai do humano comum? Por que, ao ver sua amada, seus pensamentos entraram em colapso? Antes de perder a consciência, a última coisa que viu foi o rosto de Iyo, correndo em sua direção, estendendo-lhe os braços.

— Katsuma! — A voz dela ecoava em sua mente. Dessa vez, era, sim, a voz de Iyo.

— Como pude confundir essa doçura com uma voz desconhecida? — ele se questionava, enquanto suas forças se esvaíam.

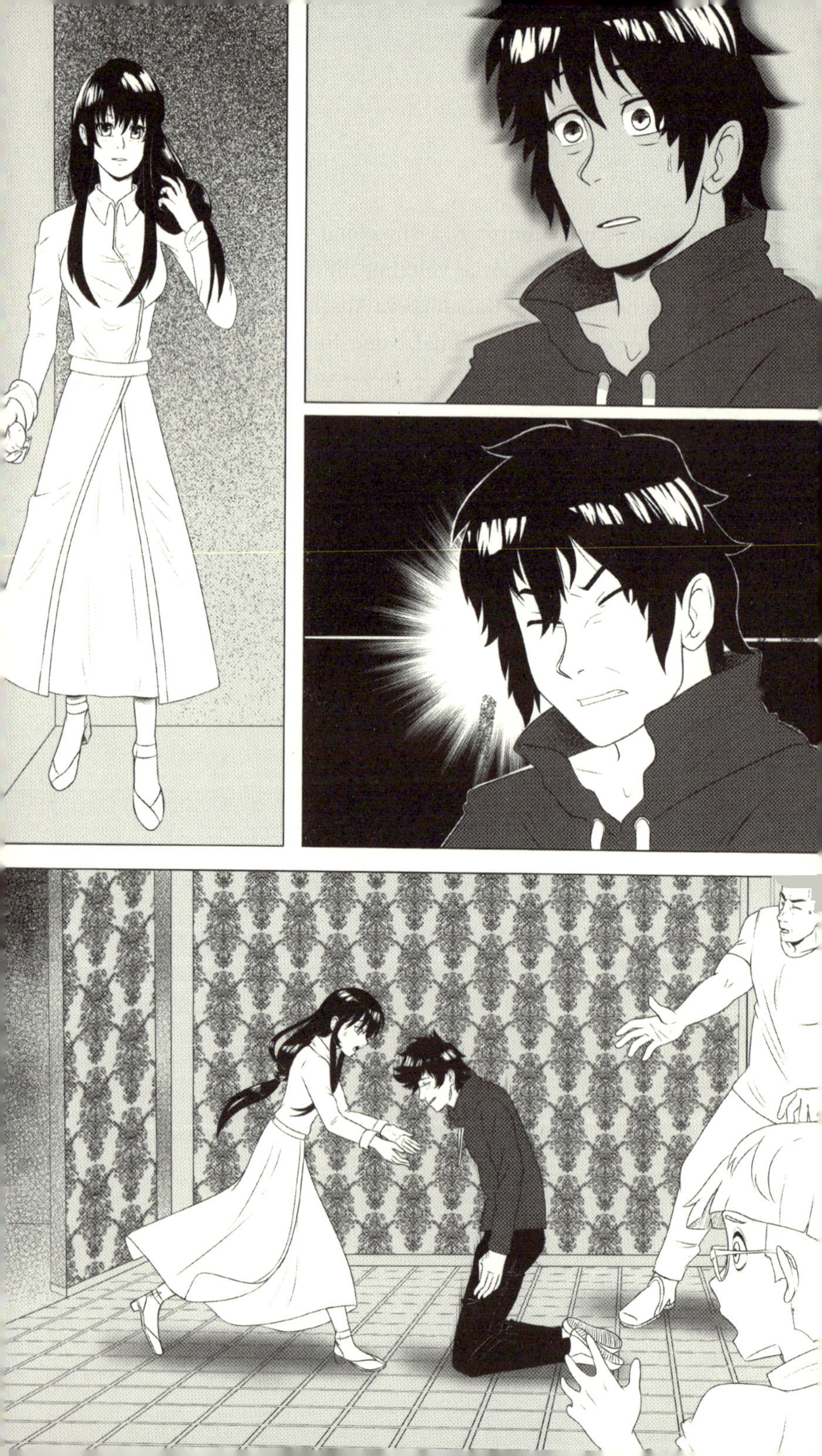

8

PÁSSAROS

Atravessando numa velocidade de milhares de anos-luz pelo espaço, o general Yukata Riki seguia em direção ao Planeta Azul com uma missão simples: identificar onde estava o capitão Yamamoto e quais eram as suas intenções. Ele ia analisando os detalhes da missão na mesa central, próxima à cabine de controle. Nela era possível exibir hologramas e observar pontualmente os objetivos. Com alguns movimentos, ele podia ver o quartel-general dos hakai estabelecido na Terra, ou, como era chamado, Centro de Estudos e Tratamentos, conhecido como CET, na cidade do Cairo, no Egito. Podia visualizar não apenas a arquitetura externa mas também detalhes internos, como salas secretas, corredores e túneis. No arquivo, também havia dados precisos sobre a Terra e as habilidades do capitão Yamamoto. E como Riki nunca estivera na Terra antes, precisava absorver o máximo de informações possível. Enquanto estudava, a nave seguia em piloto automático.

— Chegaremos em quarenta e cinco minutos — alertou a voz robótica da nave.

Yukata manteve-se tranquilo, analisando cuidadosamente as informações. Sua intensa dedicação fazia dele um general extremamente valoroso. Com grande velocidade, era capaz de absorver informações e executar ordens.

Os detalhes do CET o deixaram assustado. Assim como aconteceu com Yamamoto, ele chegou a considerar tudo aquilo um desperdício de tempo e investimento, mas por motivos diferentes. Se toda a vida daquele planeta seria exterminada e ele se tornaria inabitável, qual era a necessidade de criar algo tão grandioso?

— Cinco minutos para o pouso — a voz robótica alertou novamente.

Eu me concentrei tanto que não percebi o tempo passar. Ótimo! Para o momento tenho informações suficientes, ele pensou.

Então desligou a mesa e foi para o computador de bordo se comunicar com a cidade do Cairo.

Chegando lá, a nave entrou em um compartimento secreto, que ficava atrás da grande construção. Não era detectada por radares, pois tinha uma tecnologia hakai capaz de inibir sua aparição. Alguns hakai de patente baixa que cuidavam do local não tinham conhecimento de quem estava dentro da nave. Conforme a porta se abria para cima, a armadura de Yukata era revelada; aquela tonalidade escura de vermelho era inconfundível. Murmúrios começaram, até que a identidade do general foi completamente revelada.

— General Yukata?! — muitos disseram, assustados, curvando-se imediatamente.

— Levem-me ao superior de vocês — ele disse, enquanto caminhava para fora da nave sem olhar para os lados.

— Um general aqui? — eles sussurravam. Sentiam a pressão do poder dele, como se ela os estivesse sufocando.

Muitos nunca tinham visto um dos generais tão de perto assim; era, portanto, uma grande honra para um soldado. A maior parte era fã dos feitos deles e os admirava como seus líderes maiores.

— Vejam as marcas em seu rosto — sussurravam. — Dizem que ele as conseguiu batalhando com cem homens, e nenhum deles está vivo para contar a história.

Enquanto subia uma rampa guiado por um soldado, ao longe pôde ver uma silhueta o aguardando na porta.

— Seja bem-vindo, general. — Fez continência o sargento que comandava aquele setor. — Temos roupas para um disfarce apropriado. Acompanhe-me, por favor.

Ele tirou a armadura, que foi guardada em um compartimento seguro. Depois, o sargento cadastrou a íris do general para que somente ele pudesse abrir o compartimento. Então Yukata vestiu roupas sociais e um jaleco, como se fosse um médico estrangeiro.

Após avançar pelos corredores, chegou aonde estava o tenente Chiba Kento, diretor do CET.

— Bem-vindo, general — ele disse, estendendo a mão.

Yukata olhou para a mão do tenente, depois o fitou nos olhos. Em silêncio, entrou na sala do "diretor". Logo depois, o tenente fechou a porta e se curvou imediatamente.

— Peço perdão, meu general! Aqui evitamos formalidades hakai nos corredores, já que muitos funcionários são humanos comuns e não conhecem nossa identidade.

Ainda em silêncio, Yukata sentou-se na cadeira de couro e pôs os pés sobre a mesa. Nela havia uma maçã. Ele a pegou e deu uma mordida. O clima de tensão deixou o coração do tenente disparado. Ele passou a mão pela testa, limpando o suor que escorria. Ao terminar de comer a maçã, ainda sem dizer nada, o general a colocou educadamente na lixeira.

— Está satisfeito com a vida que vem levando, tenente? — ele perguntou, de braços cruzados, ainda com os pés, também cruzados, sobre a mesa.

O tenente começou a gaguejar, sem saber o que responder. Ele pensava em mil maneiras de se explicar, mas todas elas o levariam ao erro.

— Onde está o capitão Yamamoto Kizashi, tenente? — Sua voz grave fomentava o medo. — Você tem sessenta minutos para voltar a esta sala com informações, caso contrário... bem, acho que não preciso dizer.

— Sim, senhor! — O tenente saiu correndo pela porta, juntando-se aos demais oficiais, a fim de reunir detalhes que pudessem salvar sua cabeça, que estava em jogo.

O general se levantou da cadeira, aproximando-se da grande janela que havia ali. O sol brilhava como nunca, o céu estava limpo, sem nuvens. Então ele observou a movimentação na área externa. Alguns pacientes caminhavam pelo jardim ao lado de enfermeiros humanos. Vários hakai misturados a eles, como seguranças e alguns enfermeiros também. Toda essa operação para analisar as defesas no Planeta Azul e ainda assim estavam falhando, como isso podia ser possível? Ele observou os visitantes. Filhos, avós, netos. Todos tão frágeis, tão fracos. Era inacreditável imaginar que uma raça tão inferior infligiria dano a um hakai. Nesse momento, ele viu uma senhora, já de idade avançada, tossindo. Ela estava sentada sozinha em um banco, próximo às flores.

Em instantes, ele já estava ao lado dela. O vento trazido por seu movimento em rápida velocidade logo chegou também. A velhinha olhou para o lado e lá estava ele: alto, forte e imponente. Seus olhos vermelhos e cabelos brancos o diferenciavam de todos ali. Ela sorriu.

— Olá, doutor, tudo bem? Quer se sentar comigo? — a velhinha disse com a voz bem fraca, indicando um lugar para que ele se sentasse.

Yukata paralisou. Jamais, em toda sua vida, alguém o havia tratado daquela maneira. Ele foi até ela com uma curiosidade inexplicável. Tudo aquilo era muito novo, mas por essa abordagem o general não esperava. Ele fora criado com rispidez e, desde que se lembra, ou temia ou era temido.

— Vamos logo, doutor, sente-se com esta senhora que já não tem mais tanto tempo de vida — ela insistiu, tossindo mais um pouco e sorrindo.

Ele se sentou. A cena ali era de extrema discrepância. Ao lado do general estava uma senhora humana de pouco mais de oitenta e oito anos. Já ele, mesmo tão jovem e forte, tinha uma experiência que multiplicava em mais de dez vezes a daquela mulher, já que sua idade era próxima dos mil anos.

— Sabe, doutor, eu aprendi a amar o CET — ela desabafou enquanto limpava os óculos. — Aqui já é meu lar há quatro anos e faz mais de um ano que minha família não me visita mais.

— O que aconteceu com eles? Estão mortos? — perguntou Riki. Ele podia ter um conhecimento militar enorme, mas seu entendimento sobre sentimentos era escasso.

— Não é isso, doutor, pelo contrário. Decidiram viver.

— Mas como? Isso não faz sentido algum.

— E o que faz sentido nessa vida? — Ela sorriu, ainda que estivesse vivendo em depressão. — Nós nascemos, crescemos, criamos uma família inteira, buscamos sonhos, planos e desejos. E, quando finalmente nos damos conta, já estamos próximos de não acordar nunca mais.

Ela segurou uma das mãos do general e olhou bem fundo nos olhos vermelhos dele.

— Quando eu tinha sua idade, era diretora de uma empresa de moda. Nós focávamos todos os nossos valores em superficialidades e vendíamos aquilo. Não apenas o produto em si, mas a ideia de que a beleza está do lado de fora.

Nesse momento, a senhora apontou para o coração de Riki, mantendo um sorriso doce.

— Mas, na verdade, doutor, não importa quão poderoso ou importante você é. Aí está a sua verdadeira grandeza. Quais valores o senhor carrega? Está preocupado com o que ultimamente? — Ela olhou para o céu e viu pássaros voando. — Veja só como eles são livres. Não conhecem o dinheiro, não conhecem o poder. Aí está a verdadeira liberdade: quando você aprende a não querer tudo, mas, sim, querer todos.

— Querer todos? — ele questionou.

— Sim, sim! Não devemos focar o desejo das coisas. Mas, sim, amar quem nos ama, ajudar quem precisa de ajuda e levar felicidade aos outros. Isso, sim, é uma vida plena e completa.

O general Yukata Riki chorou.

— O que foi, doutor? Foi algo que eu disse? Desculpe.

Ele sentia as lágrimas saindo, mas sem entender a razão. Passava as mãos pelo rosto e depois olhava para elas.

O que é isso saindo dos meus olhos? Isso jamais me aconteceu, ele se perguntou.

A velhinha o abraçou. Foi quando Yukata Riki desabou. Ele não sabia por quê. Não entendia de fato o que estava acontecendo. Mas sua alma angustiada teve alívio. Em meio às lágrimas, ele olhou para baixo e, então, lembranças de um passado sombrio voltaram à sua mente.

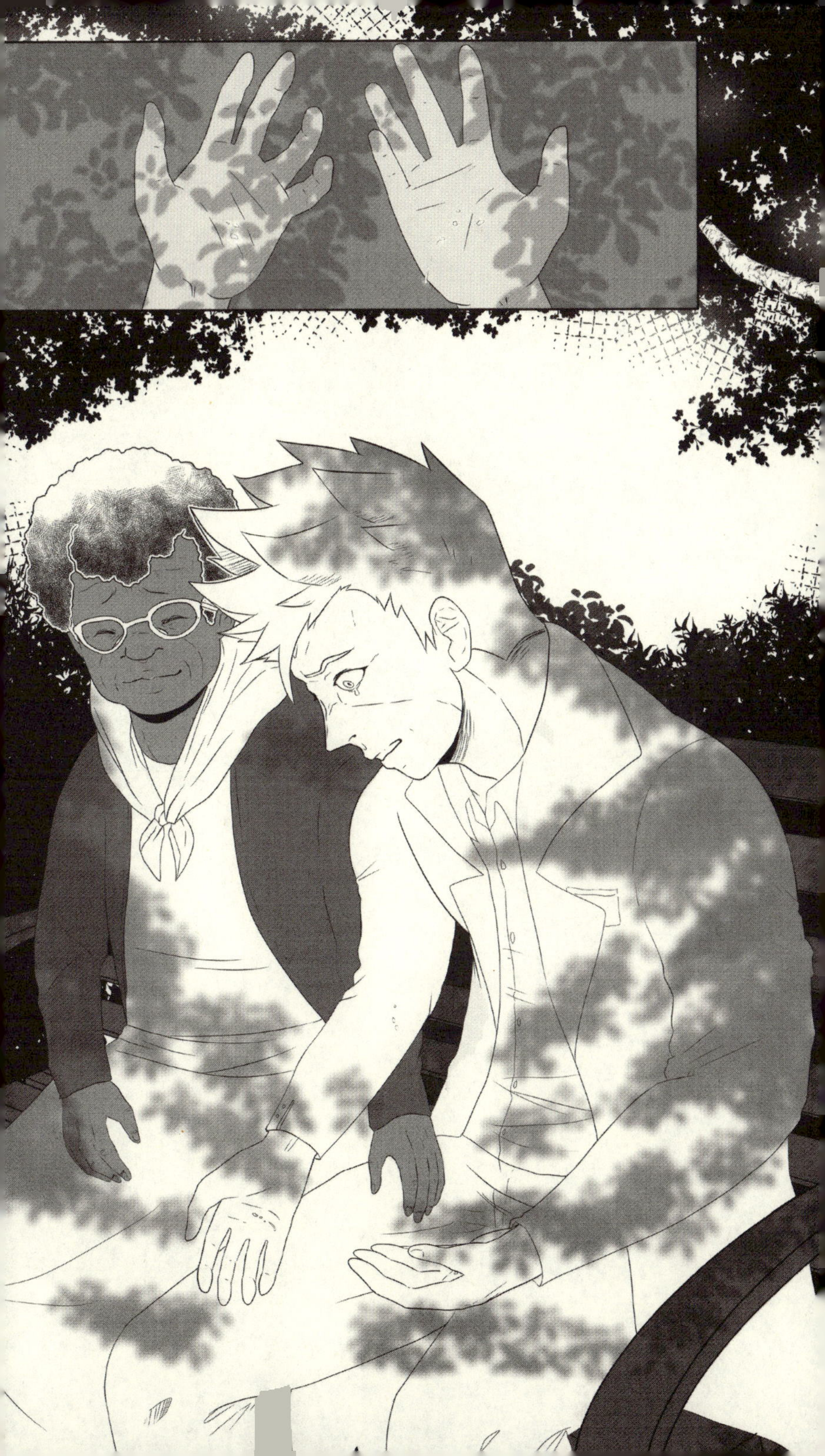

9

CACOS DE VIDRO

Já não havia mais amor, já não havia mais respeito. A sombra daquele lar destruído não era criada pela luz, mas, sim, pelo fogo do ódio e da dor. Gritos e ofensas cultivavam o mais amargo e duro sentimento: o orgulho. A partir dali, seria um caminho sem volta. Carregado como o peso do chumbo, o ambiente era desconstruído pela desonra. Nessa escuridão toda, somente um momento pôde ser chamado de luz, quando, em meio à seca, nasceu um fruto. E, entre tanta podridão, era contaminado pelos pais que o cercavam.

Yukata Riki não conheceu o amor nem o carinho, não conheceu o abraço nem o sorriso acolhedor que somente os pais podem oferecer com plenitude. Mas conheceu a repressão, a agressividade e o desprezo. Ele nem se lembrava do rosto do pai, muito menos do da mãe. Eram lembranças manchadas de um passado perturbador. Com cinco anos de idade, aprendeu o que muitos adultos nem sequer conhecem: a luta pela sobrevivência. Pelas ruas buscava seu sustento da maneira como era possível. Pequenos furtos em bares, armazéns e lojas de conveniência o ajudavam a permanecer vivo. Ficar dias sem alimento era sua rotina.

Com a roupa suja e mal higienizado, caminhava pelos becos como um animal. Animais passavam longe dele, devido ao odor que exalava. Observava ao longe as crianças da mesma idade, sem entender como podiam correr e brincar. Aquela realidade não existia para ele, então era difícil assimilar tal situação. Uma garotinha seguia ao lado da mãe, sorrindo e segurando um balão. Alguns garotos tomavam sorvete, enquanto os pais conversavam sobre o poderio militar dos Hakai.

Os anos de amargura se estenderam. Como um pássaro lançado do alto de uma árvore pelos pais, ele seguia caindo, rumo ao desconhecido. Com onze anos de idade, já era astuto e bem esperto. Presenciou mais uma vez a cena de horror. Ao chegar em casa, viu o pai, com uma garrafa de bebida na mão, agredindo sua mãe. A cena era comum, mas, naquele dia, ele teve coragem de fazer algo. Correu para protegê-la e socou o próprio pai. Em meio ao desespero do garoto, a surpresa veio de maneira avassaladora. Enquanto ele buscava ser o herói, a vítima da agressão o feriu. Sua própria mãe pegou a garrafa que estava na mão do pai e a quebrou no rosto do filho, rasgando a pele que cobria um semblante de sofrimento. Os cacos de vidro, cravados em sua face colorida de vermelho, provocavam dor nele. Mas, pela primeira vez, foi capaz de presenciar uma cena de estranha alegria. Pela primeira vez, os pais riam. Não somente isso, gargalhavam diante da situação. Ver o filho sangrando, para eles, era motivo de euforia.

— Ele teve o que mereceu! Monstrinho! — gritava a mãe, em meio a risos incessantes.

Ao ver a cena, o garoto de onze anos, com o rosto coberto de sangue, sorriu. Em meio a tanta dor física, ficou feliz por ser o motivo da alegria dos pais, mesmo que por poucos instantes. Em seguida, o pai puxou a mãe pelo cabelo e a levou para o quarto.

— Agora você vai me pagar pela bebida que quebrou — gritava, enquanto a puxava para dentro do quarto.

A criança foi ao banheiro imundo e com forte odor. Assim como em toda a casa, a escuridão dominava o ambiente. O menino ouvia os gritos vindos do quarto, sem entender a situação. Com as mãos sujas da rua, as unhas grandes e encardidas, ele puxava, um a um, os cacos de vidro no rosto.

— Mamãe. Papai. Eu amo vocês — ele sussurrou.

Mas o que é o amor para quem ainda não foi apresentado a ele? O que seria esse dom para quem nem sequer podia compreender a magnitude de sua essência? Afinal, amar é fazer o outro feliz, não é? E não foi isso que ele fizera?

Um barulho ensurdecedor veio da entrada. O portão foi arrombado por oito homens fortes que entraram destruindo tudo. Ao abrirem a porta do quarto, atiraram nos pais de Yukata. A cada tiro, o som pesava na mente da criança. Quando as balas acabaram, o assassino continuou apertando o gatilho, expressando todo o ódio que sentia deles. Yukata desmaiou. Não se sabe se pela dor que sentia no rosto ou pelo choque ali vivido.

— Agora as dívidas estão pagas, vagabundos!

Foi a última frase que ele ouviu antes de apagar por completo.

Algumas horas depois, foi acordado por sons de sirene. Estava dentro de uma nave de patrulha hakai, enrolado em um cobertor, com o rosto enfaixado. Ao seu lado, um cabo abraçando-o, e, pilotando a nave, um sargento hakai. Ainda zonzo, podia ouvi-los conversar.

— Como ele está, cabo?

— Ele abriu um pouco os olhos, mas ainda está muito quente!

— Certo, estou indo o mais rápido que posso.

— Fique firme, garoto, estamos com você! — dizia o cabo, abraçando-o mais forte.

As luzes da cidade passavam como raios pelos seus olhos. A nave prosseguia em alta velocidade, em uma via militar exclusiva. Quando Yukata piscou novamente, já estava em uma sala de hospital.

— Finalmente ele acordou, chame o cabo! — gritou um dos enfermeiros.

Andando pelo corredor, era possível ver um o cabo caminhando, até que foi interrompido por uma funcionária.

— Desculpe-me, senhor, mas pode dizer seu nome? Apenas para nossas formalidades. Sei que já fez o registro para a internação do garoto, mas este é simples, apenas para controle de entrada.

Afobado, ele disse, sem parar de andar:

— Sou o cabo Yamamoto Kizashi, das tropas hakai.

Ele viu que o garoto estava bem e o abraçou. Riki ainda permanecia zonzo e com a visão embaçada.

— Vai ficar tudo bem, garoto. Amanhã alguns soldados virão buscá-lo. A partir de agora, você será cuidado pelo exército hakai.

O cabo Yamamoto atravessou a porta, caminhando até a saída do hospital. Ao passar pelo portão, podia-se ler "Hospital Militar". Ao redor do hospital estavam todas as estruturas do exército hakai, desde os dormitórios até os prédios da Inteligência. Yamamoto passava fazendo continência aos sargentos e tenentes que estavam ali, confiante do dever cumprido.

— E aí, Yamamoto, ansioso para amanhã? — disse seu tenente imediato.

— Sim, sim. Um pouco. — Ele sorriu, sem graça.

— Será que espero até amanhã para chamá-lo de "tenente Yamamoto"?

— Como quiser, tenente. Quem sou era para contrariar suas ordens? — disse Yamamoto, em tom de brincadeira.

Então o tenente respirou fundo e olhou para as três luas enfeitando o céu hakai. Depois se voltou para o cabo Yamamoto, com um olhar penetrante.

— Sabe, cabo? Continue evoluindo como está. Jamais em minha carreira vi alguém subir tantas patentes assim, em uma única promoção. Isso é graças ao seu esforço, treinamento e estudo. Muitos pensam que basta ser forte, mas o seu conhecimento tático e as horas diárias de estudo o colocaram onde está agora.

— Obrigado, tenente Hideki. Dou o meu melhor pelo império.

— Eu já cheguei ao meu limite, me acomodei. Estou satisfeito com minha posição. Mas uma coisa ainda vai me deixar curioso eternamente.

— O que é, tenente? Se me permite a pergunta. — Ele ainda não era um oficial, então não fazia ideia do que se tratava.

— Existe um treinamento especial apenas para capitães, generais e a realeza. Por isso a diferença entre as minhas habilidades, de um mero tenente, e as de um capitão são tão gritantes.

— Treinamento especial? Mas do que se trata?

— Não faço ideia. É algo que o sábio Zenchi traz consigo. Esse segredo fica entre os sábios e seus substitutos, de geração em geração. Ele é ensinado apenas nos postos que citei a você. Esforce-se, seja um capitão e alcance esse poder.

Ele abraçou o cabo.

— Ninguém neste planeta está mais preparado que você para ser o primeiro-general. — Terminando o abraço, colocou a mão sobre o peito esquerdo de Yamamoto. — E eu não falo de força física ou conhecimentos. Seu maior valor está aqui. Veja o que você fez por um garoto desconhecido. A paz vai acompanhá-lo para sempre. Disso tenho certeza.

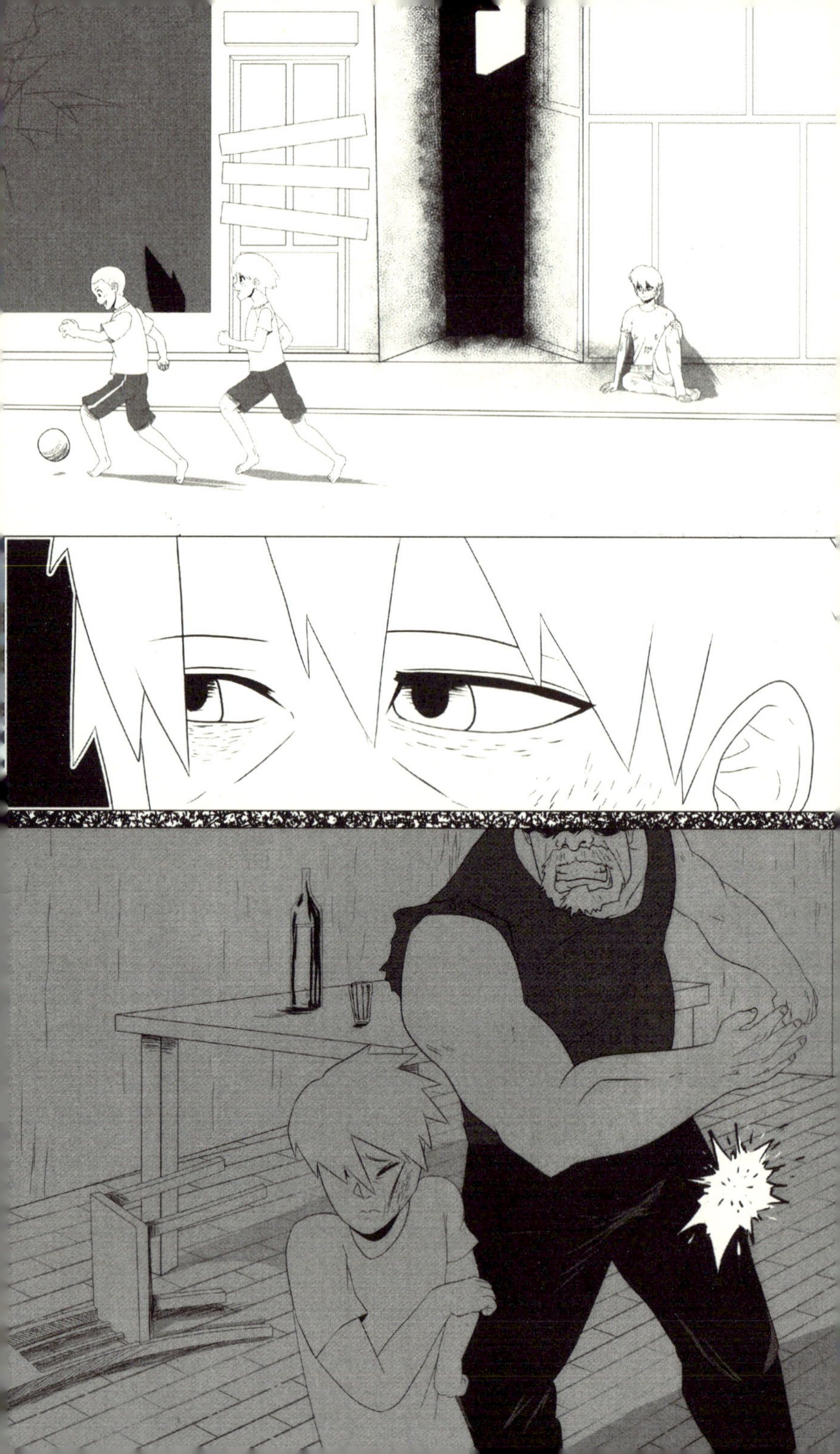

10

MEDO

Enquanto o general Yukata Riki chorava, enfermeiros hakai observavam a cena extremamente impactados. Ele, que era o símbolo do mais puro poder e frieza hakai, derramando lágrimas daquela forma? E aquela senhora? O que ela fez para aquilo acontecer? Três soldados disfarçados começaram a se aproximar, a cena lhes parecia muito suspeita. Riki enxugava as lágrimas, ainda confuso com seus sentimentos. A senhora segurava suas mãos, tentando confortar o "médico", que parecia desolado. Ao longe, sentado no banco, o general percebeu a aproximação dos soldados. Então o semblante melancólico se desfez em instantes. Ajeitou a postura e expôs seu poder. Uma nuvem pesada parecia repousar sobre o local. O ambiente parecia esmagar a mente dos hakai, que eram sensíveis à sua força. A pressão os fez lembrar que lágrimas não enfraqueceriam nem fragilizariam a autoridade de um dos generais mais poderosos do Universo. Imediatamente se viraram, voltando aos seus afazeres, torcendo para que o general não tivesse percebido a movimentação.

Riki, mesmo sem entender qual fora o gatilho para tantas lembranças virem à tona, sentiu por aquela senhora uma forte emoção, como se ela representasse a mãe que ele gostaria de ter tido.

— Senhora, qual é o seu nome? — ele perguntou, sem expressões no rosto, mas a voz parecia estar mais tranquila.

— Eu me chamo Yunet. Você está bem?

— Estou, sim. Foram apenas algumas lembranças que me vieram à mente.

— Que bom, querido, tenho certeza de que, seja o que for, você vai ficar melhor.

— Senhora Yunet, obrigado por ter compartilhado suas sábias palavras comigo, serei eternamente grato por esse encontro. Foi uma honra — ele finalizou, curvando-se.

A cena chocou ainda mais os hakai ali presentes. Um dos três grandes generais se curvando para uma humana? Não era possível! Não fosse o seu poder esmagador sendo manifestado ali, eles perderiam o respeito por ele. Mas agora apenas dúvidas, medo e curiosidade repousavam no coração deles.

A senhora Yunet não sabia como responder ao agradecimento. Seus olhos se enchiam de lágrimas. Um jovem de tão boa postura e bem-sucedido ceder um tempo a ela e ainda ser grato? Ela apenas o observou indo embora, enquanto sorria, alegre por ter se sentido útil mais uma vez. Conforme o general caminhava em direção ao edifício principal, a pressão de seu poder era minimizada, até que tudo voltou ao normal. O suor que escorria pelo rosto dos hakai disfarçados foi embora, apesar de o coração deles ainda estar tremendo pela presença de um ser tão poderoso entre eles.

O general entrou e foi direto para a sala do diretor, atualmente ocupada por ele. Chegando lá, percebeu que já haviam se passado cinquenta e oito minutos.

Onde estão esses incompetentes?, ele pensou, furioso.

Um minuto depois, os três tenentes apareceram na porta, ofegantes.

— Chegamos, general — disse o tenente Kento, escorando a mão esquerda sobre o joelho, enquanto entregava um *tablet* ao general, estendendo o braço direito. Ele respirava com dificuldade, sentindo muita falta de ar. Os outros tenentes demonstravam o mesmo cansaço e desespero.

— Vocês dois estão dispensados. A partir daqui, cuido de tudo com o tenente Kento. Vão tomar um ar. Pelo visto, estar neste planeta tem deixado vocês bem despreparados.

Ele sentou-se na cadeira, colocou o *tablet* sobre a mesa e começou a analisar o relatório. Após aproximadamente quarenta minutos, o general quebrou o *tablet*, lançando-o ao chão com muita força, expressando toda a sua fúria. Novamente a pressão de seu poder reinou por todo o CET. Qualquer hakai ali era capaz de sentir a energia e todos temiam o que estava por vir. Eles tremeram. Sem se exaltar, o general Riki, como sempre, manteve sua frieza, fitando o tenente com um olhar aterrorizante.

— Já faz vinte e oito dias que o capitão Yamamoto saiu em missão e ainda não voltou. E você apenas informou que ele sumiu, sem dar explicações ao imperador, sem detalhes?

— Desculpe, senhor, pensei que... — gaguejou o tenente, quando foi interrompido.

— Você não é pago apenas para pensar, tenente. Você precisa criar soluções e ter o mínimo de comunicação básica.

— Mas, senhor, eu...

— Silêncio! O conforto daqui tem transformado vocês em vermes. Eu vi, na planta deste local, que há um espaço de treinamento. Mas, pela forma como você se encontra, duvido que o frequente. — Ele se levantou da cadeira e caminhou para perto do tenente. Seus olhos vermelhos pareciam refletir a violência de suas intenções. — Ainda nesta noite, vocês partirão de volta para o nosso planeta, serão rebaixados a sargentos e reiniciarão suas atividades, até provarem novamente seu valor. Estamos entendidos?

— Sim, senhor! Sim, senhor! Obrigado, senhor! — Para quem estava certo de que morreria, aquela sentença era mais do que agradável.

— Agora, retire-se de minha presença, preciso corrigir os erros de vocês.

Enquanto o tenente fechava a porta, Yukata caminhou novamente até a janela. A senhora Yunet, que antes estava no banco, agora voltava com uma enfermeira para seus aposentos. Ele observava a cena, perguntando-se:

— O que aconteceu comigo? Por que não executei aquele idiota aqui e agora? Por que eu não tive coragem de fazer isso? — Então olhou para suas mãos, que tremiam. Era como se elas lutassem pela execução, enquanto sua mente agia de forma contrária. — O que está acontecendo comigo?

Os sentimentos eram confusos para a assimilação do general. Ele confundia medo com misericórdia, covardia com compaixão. Afinal, assim ele havia sido formado e ensinado. Ele não podia chorar, não podia sorrir, não podia amar e nada podia sentir. Os novos sentimentos que cresciam dentro dele eram como uma bactéria que se alojava até levar o hospedeiro à falência. A diferença era que a bactéria dos sentimentos vinha para dar vida a um garoto que a perdera antes mesmo de nascer.

Eu vou pessoalmente descobrir o que está acontecendo, pensou, andando de um lado para o outro, mordendo a unha do polegar esquerdo. *Terei uma conversa direta com o capitão Yamamoto.*

Então seguiu para o local onde a nave havia pousado poucas horas antes e ordenou a rota, que ia direto para a mansão de Ikkei.

— Mas, senhor, me desculpe a intromissão. Não podemos andar com naves por aqui, precisamos seguir os protocolos de transporte local — disse um dos soldados, encolhido por medo de suas palavras.

— Certo! — disse o general, concordando com o seu inferior. Afinal, mais do que ninguém, ele seguia rigorosamente os protocolos. — Consiga para mim o transporte mais rápido para a missão.

— Tudo bem, senhor, vou solicitar o jato particular. Todos os transportes serão do mais alto padrão. Não deixarei que o senhor seja tratado de qualquer maneira.

— Não se preocupe com o "padrão", soldado. Leve-me o mais rapidamente possível ao meu objetivo. Não me confunda com esses ex-tenentes medíocres que vinham assumindo o controle com irresponsabilidade. Eu não tenho tempo para frescuras. A paz universal está em nossas mãos.

— Desculpe-me, senhor. Acredito que em trinta minutos um carro estará pronto para levá-lo ao aeroporto.

— Certo, vou esperar aqui mesmo.

Ele tirou toda a roupa que usava, ficando nu. Em seguida, vestiu o traje que ficava por baixo da armadura e, logo depois, a colocou. Após finalizar a troca de vestimentas, o sargento se aproximou, claramente para dizer algo em relação à armadura, quando um soldado o interrompeu, sussurrando.

— Sargento. Imagino que o senhor vai alertá-lo sobre a armadura. Acredito que todos vão imaginar que se trata de uma fantasia, não há problemas. Vamos evitar conflito, o general não parece estar de bom humor.

O sargento olhou para o soldado como se agradecesse o conselho, afinal ele mesmo tinha muito medo do resultado de suas palavras. O general se sentou, como uma estátua, aguardando o transporte.

Em quinze minutos apareceu um carro preto fosco e blindado. Dessa vez, o general não se assustou com o luxo, afinal, se comparada às naves hakai, a tecnologia do automóvel era muito inferior. O motorista o levou ao aeroporto, onde o jato já o aguardava. Ele entrou e o transporte decolou.

O general olhava pela janela, contemplando as nuvens que se colocavam como um tapete abaixo do jato, refletindo os raios solares de um brilho lindo, sem igual. Com essa visão, aos poucos sua mente o levava para o encontro com a senhora Yunet.

— Será possível alguém abandonar uma senhora tão especial?

Ele, na infância, estava disposto ao autossacrifício para a alegria de seus pais. Como os humanos poderiam ser tão cruéis assim? Então concordou mais do que nunca com o extermínio dessa raça, que lhe parecia a mais egoísta que ele já havia conhecido em tantos anos viajando pelo espaço com o exército hakai.

Com a tecnologia implantada no jato, a viagem duraria cerca de quatro horas, tempo suficiente para que o general colocasse as ideias no lugar. Nos trinta minutos restantes, seu foco estava totalmente na conversa com Yamamoto. Ele queria entender o que o capitão estava fazendo e qual era a sua posição em relação ao extermínio da vida dos humanos. O avião pousou. Ele entrou em um carro e, em pouco menos de uma hora, estava na frente da mansão. Não precisou fazer muita coisa para ser notado; o poder de sua presença fez com que Yamamoto se colocasse frente a frente com ele em instantes. Os dois estavam a uma distância de aproximadamente oito metros. Uma chuva escorria por seus rostos e armaduras.

A presença esmagadora de dois hakai tão poderosos assim parecia ter mexido com as forças da natureza. Uma forte chuva começou a cair enquanto o capitão e o general se encaravam.

— O que faz aqui, general Yukata?! — perguntou Yamamoto, com uma voz não tão amigável.

— Capitão, acredito não ser eu quem deve explicações.

— Eu tenho meus motivos, Yukata. Espero que saiba que estou disposto a lutar até a morte para manter a vida no Planeta Azul.

— E qual seria o motivo de proteger uma das mais egoístas e impiedosas raças? — Dessa vez, Riki cerrou o punho direito, na altura do queixo, expressando revolta, algo raro de se ver.

— O que aconteceu com você, general? Parece diferente.

— Você não entenderia!

Ele desembainhou a sua espada, indo em direção ao capitão, que se defendeu, também com sua espada. O impacto do ataque fez um barulho tão alto quanto o dos trovões que agora dominavam o firmamento.

— Os humanos têm que morrer! Eles não são dignos. Se A Grande Balança afirmou, não deve ser questionada!

— General, você está errado! O equilíbrio já chegou à sua perfeição! Não há mais por que lutar!

— Blasfêmia!

Yukata desferiu ataques ferozes em direção ao capitão, que se mantinha sempre em posição de defesa. A velocidade era tanta que nenhum humano comum seria capaz de vê-los. Apenas ouviam o som ensurdecedor de seus ataques ferozes.

— O que aconteceu com você, Riki? Por acaso veio para uma missão de extermínio? — questionou Yamamoto, cerrando os dentes devido aos incessantes ataques do general.

De imediato, o general Yukata Riki lembrou-se de que sua verdadeira missão não era o confronto direto, então se afastou novamente.

— Capitão, sua decisão está tomada?

— Sim, general. Leve a mensagem ao imperador. Durante o tempo que conseguir, não deixarei que a mentira vença. Enquanto houver um traço de vida em mim, lutarei pela verdade e pelo que é correto! Os Straik vivem! E o verdadeiro herdeiro está a caminho.

Yukata guardou a espada.

— Você parece estar delirando, capitão. Palavras soltas ao vento não serão suficientes para sua salvação. Alícia virá em breve, então reze por sua vida.

Yamamoto arregalou os olhos e tremeu.

Pelas janelas, os conectados observavam a cena. Eles não interferiram por ordem do capitão.

— O que aconteceu, Hino? — perguntou Akio, sem entender a expressão no rosto do capitão.

— Akio, algo aterrorizante está para acontecer. Não sei o que é, mas essa certeza está estampada no medo cravado nos olhos do capitão.

Ainda paralisado, Yamamoto limpou a chuva que encharcava seu cabelo.

— O que quer dizer com isso, general? Por que Alícia viria tão cedo assim a este planeta fraco?

— A sua aliança com essa raça egoísta poderá antecipar o fim de tudo.

— Por que fala dos humanos assim, com tanta certeza? O que você sabe sobre eles?

— Para mim não importam seus motivos, Yamamoto. Eu tenho os meus. Além disso, a decisão veio d'A Grande Balança e não podemos questioná-la — disse, apontando para o céu.

— General, eu já disse. Não há mais desequilíbrio desde Yosa. O atual imperador é um tirano! Prove o seu valor como um general, prove sua inteligência. Eu salvei sua vida na infância porque soube, apenas ao vê-lo, que poderia ser um exímio hakai.

O general Yukata Riki paralisou.

— Era você? Aquele cabo que cuidou de mim?

— Sim, Riki, era eu! Você sabe que sim. E eu o estive observando desde então. Você é um orgulho para a nossa raça, não se deixe enganar.

Novamente, o general chorou. As lágrimas se misturavam à água da chuva. Seu estado psicológico ficava abalado a cada passo que dava na Terra, mas ele se reconstruía com as informações que acreditava serem verdadeiras.

— NÃO ME IMPORTA, CAPITÃO! Minha missão é fazer do Universo um lugar melhor. E este planeta se provou para mim indigno de existir! — Ele não mantinha mais sua frieza, agora gesticulava com espontaneidade.

O general se virou e caminhou para ir embora, enquanto dava o ultimato.

— Capitão, eu sou grato a você! Nunca me esquecerei do que fez por mim. Mas sua traição não será perdoada. Aguarde pela general Tyra Alícia e descanse em paz.

Aos poucos, sua silhueta desapareceu em meio à escuridão e à chuva. Mas suas últimas palavras ecoavam pela mente de Yamamoto sem cessar. Se a general Alícia agisse, seria o fim. Ele olhou para as janelas ao longe, de onde os conectados observavam a cena. Em sua mente, viu todos mortos, sem chance de reação. Ele engoliu em seco a falta de esperança e o medo. Segurando suas emoções mais sombrias, voltou para dentro da mansão.

Foi recebido primeiramente por Murakami, que veio correndo em sua direção.

— Absalon ainda dorme, doutora?

— Sim, Yamamoto. Por que essa cara de pânico? — ela perguntou, enquanto o embrulhava em uma toalha.

— O que está por vir é de um terror sem igual, Murakami. Não teremos chance.

Ouvir essas palavras saírem da boca de um ser tão poderoso foi o momento mais aterrorizante da vida de Murakami. Ela compreendeu a gravidade da situação e teve medo. Eles se aproximavam dos conectados quando Murakami sussurrou no ouvido de Yamamoto:

— Não diga nada a eles ainda, capitão. Vamos poupá-los desse sofrimento antecipado. — Ela andava abraçada a ele, esquentando o corpo e o coração de Yamamoto.

— Não vejo uma luz, doutora. O que faremos?

— Descanse, capitão. Amanhã conversaremos sobre isso — ela finalizou a frase logo que se aproximaram de todos. — Atenção! O capitão está com frio e cansado, não tem tempo para conversas agora. Amanhã nos reuniremos com ele para as tomadas de decisão.

Murakami sentiu um medo com o qual nunca havia tido contato.

O que pode ser tão aterrorizante para fazer com que alguém como o capitão fique em choque, ela pensou, enquanto o via subindo a escada.

Em direção ao aeroporto, o general Yukata Riki mantinha-se pensativo sobre muitos assuntos, desde a humanidade até as palavras do capitão. Nada poderia convencê-lo a contradizer a autoridade d'A Grande Balança. Sua decisão estava tomada. Chegando ao CET, informaria a situação e Alícia seria o apocalipse que o Planeta Azul merecia.

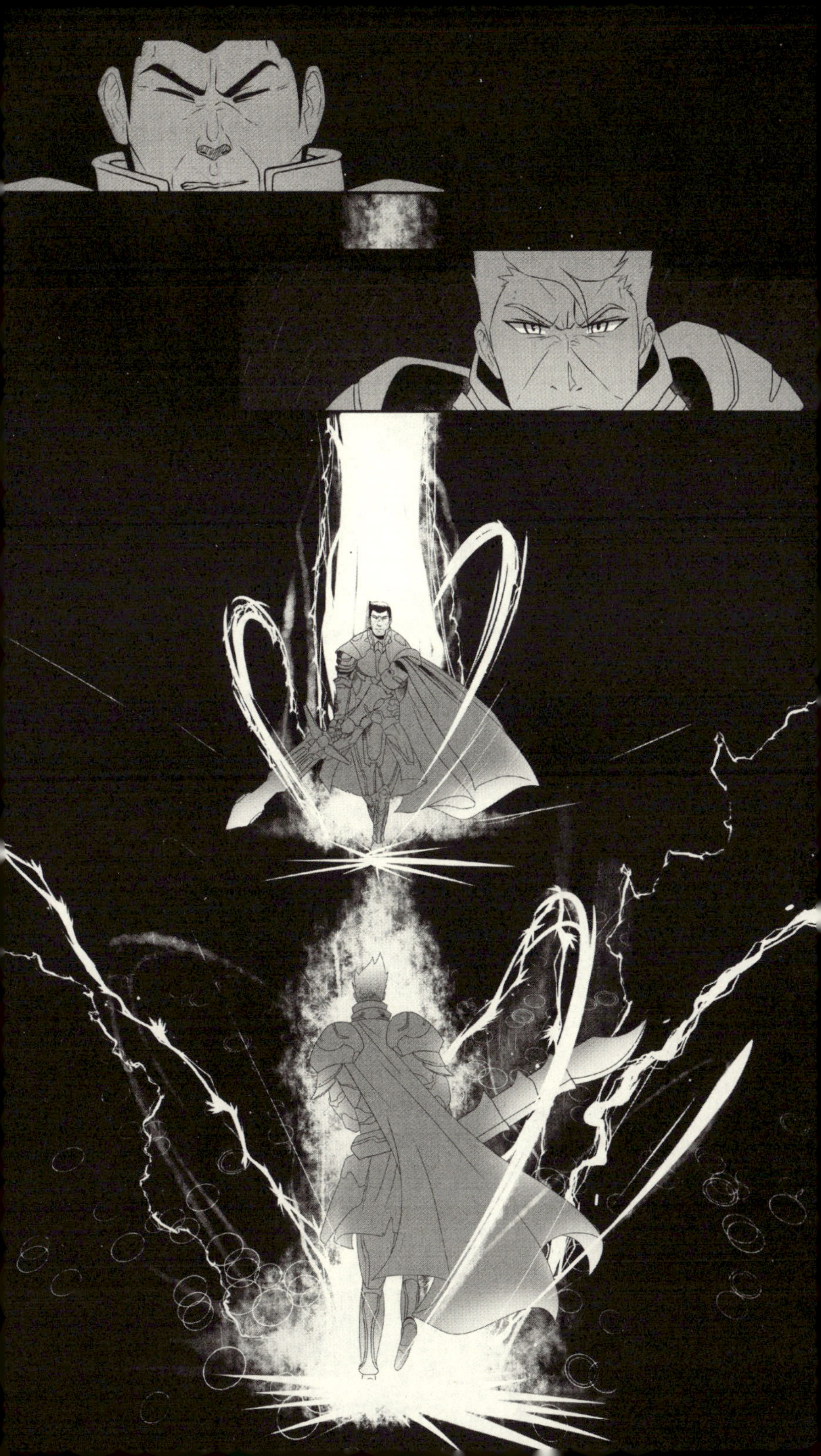

11

LUA NOVA

Na sala da mansão de Ikkei, era possível ver no sofá Iyo chorando escorada nos ombros de Mieko, que a consolava. Duas poltronas à frente estavam Anúbis e Ikkei conversando sobre os recentes treinamentos que haviam realizado. No Hexagonal, o professor Nagata recolhia os últimos relatórios antes de ir embora. No quarto de Katsuma, estavam a dra. Murakami e o capitão Yamamoto. Já fazia sessenta e quatro dias que ele havia entrado em coma novamente.

— Doutora, já não suporto mais ver Absalon nesse estado — disse o general Yamamoto, com um semblante triste, escorado na cama de seu príncipe ligado a aparelhos de monitoramento.

— Já falei que pode me chamar de Hino, capitão. Não precisa me chamar de doutora, principalmente um homem como o senhor. — Ela o abraçou. — Estamos aqui pelo Katsuma, Yamamoto. Fique tranquilo, vamos confiar que o melhor vai acontecer — ela o incentivou, mesmo sem acreditar nas próprias palavras.

— Hino, obrigado pelo apoio que tem me dado todos esses dias. Sem você, não sei se teria suportado — ele disse, retribuindo o abraço.

Nesse momento, Mieko abriu a porta e viu a cena. Imediatamente, ficou vermelha. Então fechou a porta devagar, sem ser percebida, e olhou para Akio, que estava com ela.

— O que foi, Mieko? Por que fechou a porta?

Ela começou a apontar para a porta, sem coragem de descrever a cena. Estava completamente tímida, afinal, nunca vira a dra. Murakami tão perto assim de alguém. Akio abriu a porta lentamente e viu a cena. Sua reação foi a mesma de Mieko. Se fosse qualquer pessoa, eles teriam relevado, mas a dra. Murakami? Era demais para a cabeça deles!

— Akio! O que está acontecendo? Eu não estou acreditando — questionou Mieko, sussurrando, porém desesperada.

— Não sei, Mieko. É desconhecido para mim também.

— O que vocês estão discutindo aí na porta? — Ikkei perguntou, subindo a escada ao lado de Iyo e Anúbis.

Akio e Mieko começaram a apontar para a porta juntos, com o mesmo semblante tímido. Os dois estavam ruborizados! Quando Ikkei tocou na maçaneta para abrir a porta, ela se moveu. A dra. Murakami apareceu, com seu olhar aterrorizante de sempre, observando os garotos por cima, com os óculos brilhando.

— Aconteceu alguma coisa aqui fora, crianças? Por que esse alvoroço na porta?

Akio e Mieko saíram correndo pela escada e todos começaram a rir.

— O que aconteceu com eles, pessoal? — Iyo perguntou, ainda com o rosto inchado. Já chorava por Katsuma fazia vários dias.

— Não entendi nada — comentou Anúbis, balançando a cabeça negativamente.

Murakami imaginou o que eles poderiam ter visto, então também ficou vermelha.

— Não liguem para eles, são apenas crianças — ela disse bem agitada, enquanto saía de nariz em pé, tentando manter a confiança de sempre.

Ikkei, nesse momento, já não entendia mais nada. Sua expressão era de total confusão. Toda aquela cena que ele acabara de presenciar não fazia sentido algum.

— Eu nunca vi a doutora assim. Será que ela está doente? — questionou Anúbis, coçando a cabeça.

— Sinceramente, parece que todos estão loucos por aqui — Ikkei comentou, completamente confuso.

No quarto, Yamamoto esticava o corpo, estalando as costas.

— Vá descansar, capitão, já faz nove horas que não sai nem para comer — disse-lhe Iyo. — Podemos revezar nesta noite, assim você pode descansar um pouco.

Mesmo hesitante, o capitão decidiu aceitar a proposta. Se Alícia ou qualquer hakai aparecesse, seria bom ele estar em plenas condições de batalha. Então deixou Absalon aos cuidados dos amigos, que começaram o revezamento por Anúbis, e desceu para comer alguma coisa, junto com Ikkei. Iyo foi para o quarto, aguardando seu horário do rodízio.

— Capitão, vou solicitar o jantar para o senhor. Eu entendo seu momento. Perder alguém já é doloroso, mas recuperar e perder novamente deve ser uma tristeza sem igual — Ikkei tentava confortá-lo, enquanto desciam a escada. — Perder minha irmã foi desesperador para mim, mas é pela memória que tenho dela que hoje eu vivo.

— Você é um bom rapaz, Ikkei. Nem sempre encontramos jovens ricos de tanto valor. Por isso me apeguei à família Straik. Tanto Lavalont quanto Absalon sempre tiveram nobreza em seus atos.

— Como Absalon era, capitão? Naquela noite, percebi nele não apenas grande soberania e poder, mas uma compaixão e ternura quase palpáveis.

— Exatamente, Ikkei! Esse era o meu príncipe. Doce e justo, forte e com uma presença inabalável.

— Como pode Katsuma ser tão diferente assim de seu outro eu, Absalon? Isso não entra na minha cabeça!

— Você acha mesmo que são tão diferentes assim? Na verdade, não são. Como um humano, Absalon demonstra seus sentimentos na fragilidade de sua raça. Como um hakai, revela sua sensibilidade na soberania de sua linhagem. Os dois têm o mesmo amor pela vida!

Ikkei permaneceu em silêncio. Ele viu além de atitudes aparentemente sensíveis e dramáticas demais. Pela primeira vez, compreendeu a explosão de emoções que rodeavam o amigo. Era apenas a força de seu "amor pela vida", como o próprio capitão havia afirmado.

— Eu não disse nada para não criar expectativas e falsas esperanças. Mas afirmo com toda veemência: Absalon era mais forte até mesmo que eu.

Ikkei, que já estava chocado, perdeu a linha de raciocínio, elevando tudo a outro patamar.

— Como assim mais forte que o senhor, capitão?!

— Pois é verdade, garoto. Absalon possui uma das mais completas e raras qualidades que um hakai pode ter. É sobre isso que estamos conversando aqui.

— O que isso significa exatamente, capitão?

— Nós, hakai, temos a característica de sermos menos sensíveis emocionalmente que a maioria dos seres. Isso atrapalha um pouco a evolução do nosso treinamento especial. É um treinamento secreto, mas impossível para outras raças. Apenas os nobres e de alta patente hakai podem aprender.

— Mas como, em um Universo tão vasto, somente os hakai podem aprender? — Ikkei questionou, impressionado com a afirmação do capitão. — Lembro-me de que havia me dito de um planeta onde os habitantes eram mais fortes até mesmo que vocês.

— Boa pergunta, garoto! Boa pergunta! — O capitão sorriu levemente e, logo depois, demonstrou grande seriedade. — Havia realmente outro planeta capaz de realizar o treinamento, mas eles foram exterminados pelo atual imperador. O planeta se chamava Yosa, como eu havia dito anteriormente a você. O imperador os temia porque, diferentemente de nós, hakai, eles tinham sensibilidade e por isso poderiam se tornar ainda mais fortes.

— Estou perplexo com tudo isso, capitão. Mas como o Katsuma, digo, o Absalon, tem todas essas emoções mesmo sendo um hakai? Nesse momento, os dois já adentravam a cozinha, onde estavam alguns empregados. Ikkei pediu a eles que fizessem o jantar e olhou para o capitão, aguardando uma resposta.

— Venha para a sala, que está vazia, Ikkei. — Eles fecharam a grande porta da cozinha e foram para a sala. Yamamoto respirou fundo e fitou o jovem, com um olhar de extrema seriedade. Ikkei sentiu a importância do momento.

— Capitão, está tudo bem falar sobre o assunto?

— Fique tranquilo, Ikkei. Confio em vocês. — Ele se sentou na poltrona e, em poucas palavras, revelou o maior segredo do Universo. — A mãe de Absalon pertencia ao planeta Yosa. Por isso ele é tão especial e tão diferente. Não existe mais nenhum habitante de Yosa, então Absalon é a maior fonte de poder existente no Universo.

Ikkei arregalou os olhos diante da declaração. Sentir que Katsuma poderia ser alguém tão inalcançável assim era realmente inacreditável. O fato é que ninguém sabia a verdade sobre os irmãos Tyra Alícia e Sebastian Vidar. Isso mudaria um pouco a ordem de poder que o capitão tinha em mente. Mas, ainda assim, a verdade revelada era digna de atenção.

— Agora entendo por que você coloca tanta esperança nele, capitão. Faz todo sentido! São informações que nossa mente humana nem sequer imaginaria.

— Há vários segredos que correm pelo Universo, esse é apenas um e, ainda assim, de grande valia. — Yamamoto se levantou da poltrona e bocejou. — Parece que é minha hora de descansar, preciso me preparar para o que está por vir. Vou jantar e ir direto para o meu quarto.

— Boa noite, capitão. Já vou me deitar agora também, porque daqui a pouco é a minha vez de ficar de olho no Katsuma. Até mais!

O capitão foi para a cozinha e fez sua refeição. Então, como havia planejado, seguiu para o seu quarto para dormir. Devido ao cansaço, rapidamente apagou na cama. Mas sua mente não parava de trabalhar, continuava focada em ter Absalon de volta, então seu sonho não seria diferente.

Nele, viu a tataravó entrando pela porta. Já não era mais o poderoso Yamamoto que todos conheciam, mas, sim, uma criança que aguardava uma história de ninar.

— Olá, Kizashi! Está pronto para a historinha da vovó?

— Estou, sim, vovó.

— Hoje teremos um conto sobre as três luas que já vem se perdendo. É o conto das três luas novas. Uma maravilha que se repete apenas a cada cinco mil anos. Mas a história não é apenas matemática ou física, há também um grande significado por trás de tudo.

— Tudo bem, vovó, pode contar, estou ouvindo.

— Muito bem, garoto. Muito bem. — A tataravó de Yamamoto começou a fazer um cafuné no tataraneto, enquanto trazia um dos mais belos contos hakai.

"Há três luas que iluminam a nossa grandeza na escuridão, mas não se glorie delas, pois suas rochas e cores refletem também a nossa fraqueza. A lua azul, conhecida como lua dos apaixonados, é também a lua da tranquilidade e da paz e cada uma de suas fases traz a nós uma experiência nova e singela. Temos também a lua branca, símbolo de nossa soberania, mas que também reflete a arrogância e a prepotência dos tolos. Pode ser considerada a nossa fraqueza. Por fim, a lua vermelha indica tempos difíceis e a premissa de grande dor e sofrimento. Mas sua cor também faz referência à vida, pois sem sangue não vivemos. Cada uma tem seu reflexo no mar e as três espelham a mesma luz, que vem do mesmo astro maior. Então, em que momento há uma verdadeira união entre elas? Em que fase elas se conectam em uma única sintonia? Quando as três luas se alinharem em uma única lua nova, será o momento de maior esperança. É quando o amor, a soberania e a vida se unem, trazendo de fato o novo!"

Imediatamente, Yamamoto despertou de seu sono, ofegante. Sentou-se à beira da cama, com os olhos arregalados, apertando o colchão com firmeza. Ele olhou para cima e viu as simulações moldadas pela mansão de Ikkei. Desativou todas e observou o céu. Limpo como estava, parecia até que a simulação não estava desligada. As estrelas brilhavam como nunca, trazendo uma grande beleza ao firmamento terrestre. E, no meio delas, Yamamoto percebeu a lua nova, que acabava de iniciar o seu ciclo. A voz de sua tataravó parecia gritar em sua mente: *será o momento de maior esperança.*

Ele saltou da cama e, ainda de pijama, foi para o quarto de Absalon. Ikkei estava lá cumprindo o seu turno.

— O que foi, capitão? — ele perguntou, bem sonolento.

— Desligue Absalon dos aparelhos, agora é a hora de ter o meu príncipe de volta.

Então desligaram Katsuma e o levaram para o quintal da grande mansão. Lá, sob a lua nova, Yamamoto conectou-se à natureza e tentou sentir o príncipe, mas sem sucesso. Repetiu a tentativa várias vezes, por mais de quarenta minutos, mas não foi suficiente. Então relembrou as palavras de sua tataravó: *É quando o amor, a soberania e a vida se unem, trazendo de fato o novo!* A vida estava ali, era Katsuma. A soberania também. A conexão hakai havia sido realizada. Então o que faltava? O amor. Isso o levou a tomar uma atitude.

— Ikkei, traga Iyo até aqui. Absalon vai acordar, nem que seja a última coisa que eu faça!

Ikkei foi correndo ao quarto de Iyo, que ainda estava acordada, sem conseguir dormir, pensando em Katsuma.

— Iyo, vamos lá embaixo.
— O que está acontecendo, Ikkei?
— Venha logo, não tenho tempo para perguntas.

Os dois desceram correndo pela escada, passando pela sala, copa e cozinha, até saírem no quintal da mansão, na parte de trás, onde estava o Hexagonal.

— Katsuma! Por que ele está deitado na grama, capitão? Ele pode pegar um resfriado!

Ela correu e o abraçou, a fim de aquecê-lo.

— Agora, sim, não falta mais nada. — O capitão sorriu.

Yamamoto fez novamente a conexão com a natureza e dessa vez sentiu Katsuma e Iyo. O batimento do coração dos dois soava em uníssono nos seus ouvidos. Ele sentia todo o sangue que corria pelas veias de Katsuma. Até mesmo seu cérebro, que se mantinha lento, ele era capaz de sentir. Então, em um rápido momento, ele percebeu o ponto de conexão e enviou a mensagem: *Acorde!*

Imediatamente, o garoto acordou. Absalon estava entre eles!

— É bom tê-lo novamente em minha presença, príncipe Absalon.

— Nobre capitão, a honra é minha. O que está acontecendo aqui? Por que estou deitado na grama? — Ao terminar a pergunta, ele olhou para Iyo. — E quem é essa linda garota que me coloca em seus braços?

Seus olhos derramaram lágrimas sem que ele pudesse entender e, em questão de segundos, Katsuma acordou.

— Iyo, eu te am... — ele disse, com fraqueza, beijando-a nos lábios.

Ela chorou junto ao seu amado e depois se abraçaram.

— Eu pensei que perderia você, Katsuma!

— Ainda que eu morresse, Iyo, voltaria a viver se fosse por você.

Eles se beijaram novamente entre lágrimas e forte emoção. Ikkei fez sinal de aprovação com a cabeça para o capitão, que olhou para cima. Sob a lua nova que orbitava suas cabeças, ele se lembrou das palavras de sua tataravó.

Quando as três luas se alinharem em uma única lua nova, será o momento de maior esperança.

O capitão sorriu.

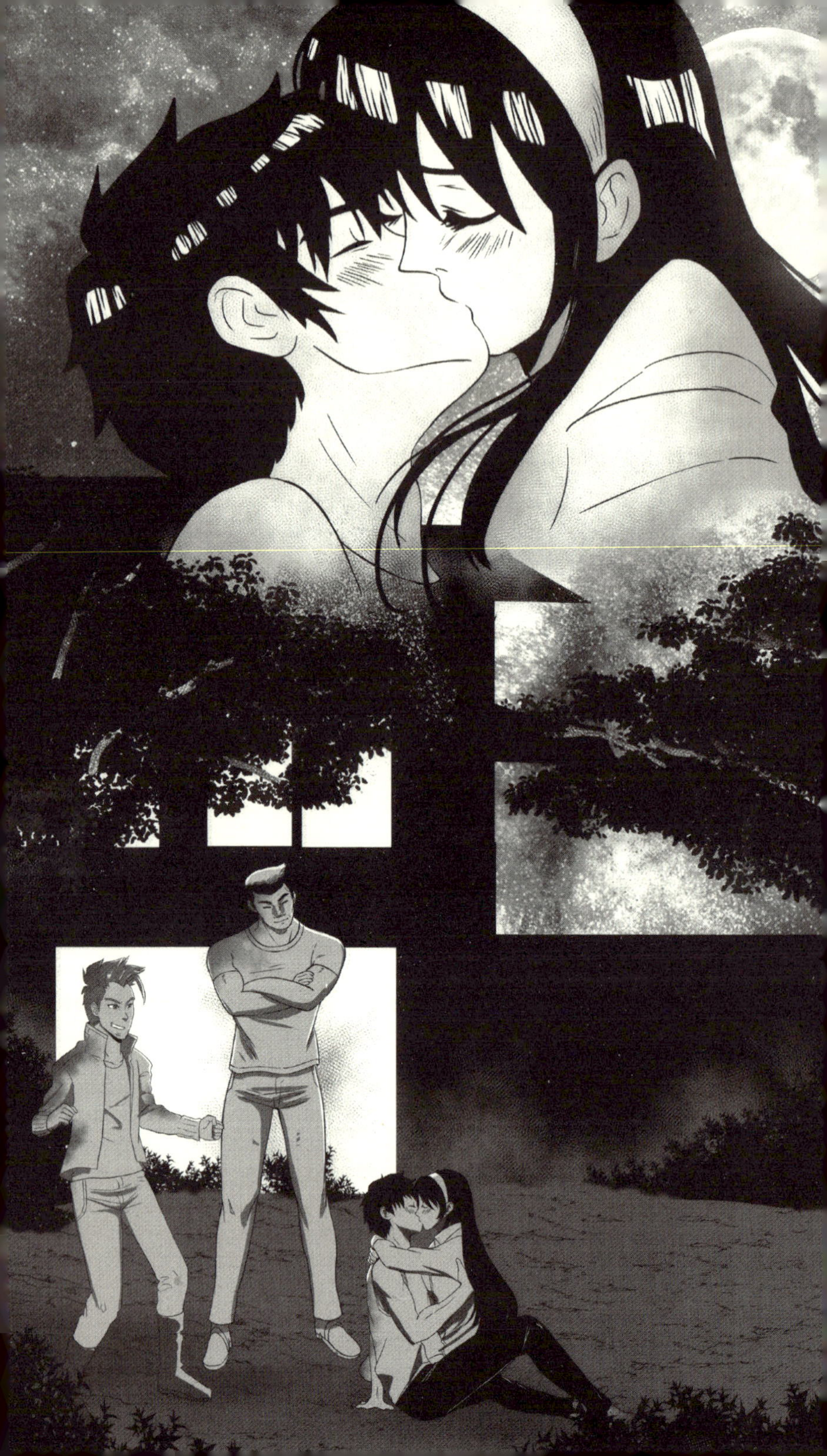

12
IGUAIS

O dia amanheceu com o professor Nagata chegando cheio de energia à mansão de Ikkei.

— Ohayo, pessoal! — disse, empolgado, segurando um notebook, logo que adentrou a porta da sala. — Hoje tenho uma proposta de treinamento bem divertida!

Enquanto ainda falava, viu Iyo e Katsuma descendo a escada de mãos dadas. Ele não sabia que Katsuma havia acordado, então aquele foi um momento de extrema emoção.

— Katsuma! Está tudo bem com você? — E foi em direção ao jovem, abraçando-o. — Fico feliz em vê-lo novamente entre nós!

— Obrigado, professor! Prometo dar o meu melhor!

— É isso aí, garoto! Venha comigo porque hoje faremos um torneio! — Ele puxou Katsuma para o meio da sala e gritou, empolgado, com os braços para cima. — Quem vem comigo?!

Todos os demais conectados, e também o capitão, estavam na sala. Eles não compartilhavam da mesma empolgação do professor. Então Akio tomou a dianteira.

— VAMOS LÁ! — ele gritou, fazendo sinal para os outros.

— É, vamos! Uhuuu! — Todos forçaram a animação, pois não tinham entendido bem a proposta.

— Pessoal, enquanto participam do torneio com o professor, irei com Absalon para a frente da mansão — dizia Yamamoto. — Vamos dar prosseguimento ao nosso treinamento hakai.

— Certo! Vamos lá! — o professor finalizou, empurrando os conectados para os fundos da mansão, enquanto o capitão seguia com Katsuma.

Iyo e Katsuma se olhavam de longe, com um sorriso sem graça. Tudo o que queriam era um tempo juntos, mas isso não aconteceria ainda. Depois de tanto aguardarem, precisariam esperar um pouco mais. Ela mandou um beijo para ele e logo foi arrastada.

— É o seguinte, pessoal: o treinamento de hoje vai ser um torneio entre vocês, os conectados. — Nagata colocou o notebook no chão e um holograma desenhou as chaves do torneio no ar.

— Na primeira luta, Akio enfrentará a dra. Murakami. Na segunda luta, Iyo enfrentará Anúbis, e a terceira luta será de Ikkei contra Mieko. No fim, os três vencedores se enfrentarão em uma batalha insana! — Ele pulou, dando um soco para cima.

A empolgação do professor continuava exagerada demais, mas dessa vez os conectados também ficaram animados.

— E aí, Ikkei? Dessa vez a Iyo não vai poder salvar você, hein? — Mieko provocou, divertindo-se com a situação.

Ikkei manteve-se em silêncio, apenas encarou a garota com superioridade, mas não aguentou e deu uma risada.

— Mas por que eu contra a dra. Murakami? — Akio questionou, com a mão no rosto.

— Fique tranquilo, garoto, vou pegar leve com você. — Ela esfregou o cabelo de Akio e saiu rindo.

— Eu não vou ter coragem de machucar a Iyo, professor. — Anúbis tentava manter a discrição, mas Iyo ouviu o garoto.

— Por acaso está me subestimando, Anúbis? — ela perguntou, com um olhar de fúria.

— Não é isso, Iyo. Me desculpe.

— Não vejo a hora de batalhar com você, Anúbis — ela se irritou. Seus olhos pareciam estar em chamas. — Sou só uma garotinha, não se preocupe — ironizou Iyo, disposta a massacrar Anúbis.

— Era isso que eu queria! Competitividade! Vamos com tudo para esse torneio! Quem aí está pronto?! — O professor, mais uma vez, demonstrava estar muito ansioso.

— EU!!! — todos responderam motivados, exceto Akio, que não estava muito feliz com a escolha de sua rival.

— A minha luta pode ser a última, professor? — Akio pediu, com um pouco de medo.

— Claro, Akio. Sem problemas.

— Então me deixe ser a primeira, professor! — Iyo se mostrava empolgada. — Estou louca para me divertir um pouco! É ou não é, Anúbis?

Anúbis esquivou o olhar, fingindo não ser com ele a conversa. O clima de diversão e competitividade tomava conta da mansão. Todos estavam se alongando, animados para iniciar o torneio. Seria um treinamento bem proveitoso, pois precisariam atacar, mas lembrando-se de não machucar gravemente o amigo. Isso lhes daria maior controle e precisão em suas habilidades.

— Chegou a hora! Vamos começar com Iyo *versus* Anúbis!

Anúbis ficou de um lado, Iyo do outro e o professor no meio, pronto para iniciar o combate. Eles estavam no gramado, em frente ao Hexagonal. O céu tinha poucas nuvens. Os raios de sol embelezavam o local e as sombras das árvores davam ao ambiente um frescor revigorante.

— As regras são simples! Se alguém for nocauteado ou desistir, será dada como encerrada a luta! Se eu vir algo que considere exagerado demais, vou parar o combate! Estamos entendidos?

— Estamos, professor! — responderam os competidores.

— Que comece a batalha!

Iyo fez a conexão e foi com tudo, atirando flechas em Anúbis. Ela corria ao redor dele, atirando de todos os lados. Ele, por sua vez, flutuava a mais de dez metros do solo, com os olhos brilhando em tom dourado, e fazia as flechas explodirem antes de acertá-lo, com uma barreira ao seu redor. Sua presença soberana no ar fazia todos os conectados o admirarem.

— Então Anúbis é realmente capaz de feitos incríveis — Akio comentou, com os olhos brilhando.

Nesse momento, ele olhou do alto, como um deus, fitando Iyo. Abriu os dois braços e passou a exercer uma forte pressão sobre a garota, que caiu de joelhos. O semblante de Iyo era de extremo esforço. Ela tentava lutar contra o poder de Anúbis, mas não era o suficiente. Seus cabelos pareciam pesados como chumbo e seu corpo estava travado como concreto. Nesse momento, ela gritou. Então seus olhos se tornaram vermelhos como fogo, seus cabelos, escarlates, e um brilho avermelhado tomou conta de seu ser. Era a conexão perfeita! Seu arco se desconstruía tornando-se um arco totalmente novo, de cor preta.

Seu poder era outro. Ela começou a resistir à pressão lentamente, colocando-se de pé. Anúbis explodiu mais ainda sua força, fazendo com que os pés de Iyo esmagassem o chão, formando uma cratera ao seu redor. A força do poder dos dois criava uma cena magnífica. Ele flutuando, pressionando a garota contra o solo, ela de pé, com o jardim sendo destruído ao seu redor. O vento levantava o cabelo da garota e balançava as roupas de todos os conectados, que tapavam os olhos com o antebraço.

— Não acha melhor parar por aqui, professor?! — perguntou Murakami, gritando por causa da pressão do vento que agora agia entre eles.

— Só mais um pouco, doutora. Eles estão no ápice — Nagata respondeu, maravilhado com tamanho poder.

Iyo lançou uma flecha negra em direção a Anúbis, que dessa vez não pode contê-la tão facilmente. A pressão sobre Iyo havia acabado, e ele precisou concentrar toda a sua energia em parar o ataque. Esticando as duas mãos contra a flecha, seu nariz sangrou para conter a força e a velocidade dela. Foi quando outra flecha atingiu de raspão sua panturrilha, causando um leve ferimento. Ele olhou para baixo, observando Iyo de cima. Ela apontava o arco mais uma vez em sua direção, com um olhar amedrontador. Então jogou-a de lado com suas habilidades psíquicas. Ela caiu, enquanto atirava a flecha, que mirava o braço dele. Por causa da queda, a flecha foi em direção à cabeça de Anúbis. Quando estava próximo de atingi-lo, uma lança de luz destruiu a flecha. Era Murakami intervindo.

— A batalha acaba aqui. — Ela fitou o professor, que se sentiu envergonhado. — Sei que hoje você acordou bem animado, mas precisa medir melhor suas ações.

— Acho que me empolguei demais, doutora, não é do meu feitio. — Ele ajustou os óculos e respirou fundo. — A partir de agora, vou me empolgar menos e levar o treinamento com mais seriedade. A vencedora é Matsuura Iyo!

Ela caminhou em direção a Anúbis e estendeu a mão.

— Foi uma ótima batalha. — Seu sorriso leve e cativante tinha voltado. — Anúbis, você é realmente muito forte.

— Obrigado, Iyo. Me desculpe por subestimá-la. Você é de fato muito poderosa! Fiquei até com medo.

— Ah! Obrigada! — Novamente ela sorriu.

Como essa garota tão amigável pode ser a mesma que parecia um demônio poucos segundos atrás?, Anúbis pensou, assustado com a mudança de personalidade.

O professor Nagata finalizou algumas anotações do que ele havia observado durante a batalha e deu continuidade ao torneio.

— Pessoal, talvez seja melhor lutarmos dentro do Hexagonal. A destruição causada na última batalha já foi demais, não acham?

— Concordo, professor — disse Akio, enquanto todos caminhavam para lá.

— Pronto, aqui vocês poderão lutar sem limitar o poder. Não que tenham limitado anteriormente, não é, Anúbis e Iyo?

Eles sorriram sem graça.

— Nos empolgamos um pouquinho, professor — Iyo respondeu.

— Tudo bem! Agora é o momento de outra batalha! E uma batalha que traz consigo o peso de uma revanche. Ikkei contra Mieko! — Ele apertou um botão, abrindo a porta da sala de treinamento para os dois entrarem, e ligou o microfone. — Que comece a batalha!

Os dois ativaram a conexão e rapidamente iniciaram o conflito! Ikkei investiu com socos. Suas manoplas batiam na espada de Mieko, que se defendia com toda a sua força. As faíscas do impacto iluminavam o Hexagonal. Quando Ikkei lhe deu um soco de baixo para cima, ela se defendeu com a espada, sendo lançada para o alto. Ele saltou mais alto ainda, a grande velocidade, preparado para desferir o golpe final. Foi quando o brilho da conexão perfeita de Mieko o interrompeu. A forte luz dourada, que emanava da garota, era intensa! Seus cabelos, como fios de ouro, se misturavam à forte luz que emanava seu poder. A espada, completamente dourada, e seus olhos, como o sol, agora tinham a força necessária para lançar longe Ikkei.

— Pelo visto você não quer brincar, Mieko! Já que é assim, vamos com tudo!

As manoplas de Ikkei brilharam, envolvendo todo o seu corpo. Assim como ocorreu com Mieko, uma luz dourada se apoderou dele. Sua armadura, idêntica a uma armadura hakai, parecia fazer par com a espada de Mieko. Cores douradas em meio a materiais transparentes refletiam o poder do garoto. Seus cabelos e olhos, agora dourados, tinham a soberania compatível com sua força.

— Vem com tudo, Mieko! Pode vir!

Ela atacou em uma velocidade incrível, atingindo o garoto, que permaneceu imóvel. Ele a olhou por cima do ombro, ainda de costas.

— Acabou, Mieko. Renda-se!

— Jamais! — ela gritou, investindo contra Ikkei, atacando-o com sua espada dourada.

Ikkei apenas parou Mieko com o antebraço, utilizando a velocidade dela contra si mesma, que caiu desacordada.

— O vencedor é Ikkei! — exclamou o professor pelo microfone, em seguida abrindo a porta.

— O que aconteceu? Eu perdi? — acordou Mieko, atordoada.

Ikkei carregou-a em seus braços, enquanto ela ainda estava zonza, levando-a para fora da sala.

— Parabéns, garota, você lutou muito bem. — Ele sorriu.

Todos na sala ficaram paralisados diante da cena.

— Doutora, você viu o que eu vi? — Akio sussurrou no ouvido de Murakami.

— Sim, eu vi. Mas vou fingir que nada aconteceu. Ver Ikkei sorrir foi ligeiramente estranho. — Ela ajustou os óculos, olhando para Akio. — Chegou a nossa vez.

Ele sentiu calafrios com as palavras de Murakami. Junto a ela, entrou na sala, esperando o momento certo para se render. Akio olhava para cima, aguardando as palavras do professor para dar início ao combate. Era possível ver as gotas de suor escorrendo pelo seu rosto. Seus sentidos pareciam confusos. Era o medo que sentia da doutora. Então, olhou para o lado e viu a silhueta de Red, balançando o rabo, como se estivesse feliz em um lugar melhor. Aquilo confortou seu coração por alguns instantes.

— Que comece a batalha!

Murakami aproximou-se rapidamente, em altíssima velocidade, planejando finalizar a batalha com apenas um golpe certeiro na nuca do garoto. Enquanto seu braço se movimentava para acertá-lo, Akio visualizou a doutora pelo canto dos olhos e se esquivou. Ela parou a poucos metros dele, olhando para seu braço, sem acreditar no que havia acontecido.

— Como você fez isso, Akio? De onde tirou tanta habilidade? — Ela continuava com os olhos arregalados.

Ele se manteve em silêncio, enquanto fazia sua conexão sinistra. O monstro Akio havia ganhado forma! Murakami também fez a conexão. Do lado de fora da sala, os conectados observavam, sem piscar, a batalha que viria.

A doutora desapareceu. A velocidade era tanta que eles não podiam acompanhar. Sempre que se aproximava para desferir um golpe, Akio a via e tentava revidar, mas ela desviava. Ela tentava por todos os lados, mas sem sucesso. Até que finalmente conseguiu acertar a perna do garoto. Enquanto seu chute atingia a coxa direita de Akio, ele tentou lhe dar um soco, que ela defendeu com o antebraço. Então começaram a trocar uma sequência de golpes com altíssima velocidade e força.

— Pelo visto esse tamanho não diminuiu sua velocidade, Akio.

— Você luta muito bem, Hino. Isso não posso negar.

Os dois se acertaram no rosto, cada um caindo para um lado da sala.

— Como ele é capaz de lutar de igual para igual com a mestra? — Anúbis questionou em voz alta.

— Ver o Akio assim me motiva ainda mais! — Mieko exclamou, cerrando o punho direito na altura do rosto.

— A doutora é incrível! Defender os ataques dele com essa conexão provavelmente quebraria meus ossos — Iyo comentou, assustada com tanto poder.

Ikkei permaneceu em silêncio, com os olhos arregalados. Pensava em como Akio havia ficado tão forte assim, em tão pouco tempo. Mas se lembrou de como o garoto era um exímio lutador, mesmo antes da conexão. Então parecia haver algum sentido naquilo tudo.

— Não vou mais me conter, Hino! — ele bradou, com a voz grave trazida de sua conexão.

— Muito menos eu, Akio! — ela gritou, partindo com tudo para cima do garoto.

Os dois se encontraram no centro da sala. O choque de seus punhos trincou a estrutura do Hexagonal. O extremo poder ali concentrado estava além da segurança do local. Ainda com os punhos se tocando, os dois se chutaram, causando outro impacto, abalando as estruturas do lugar.

De um lado, o monstro Akio. Gigante e musculoso. Do outro, a leveza e a beleza dos movimentos de Murakami. Um contraste visual que nada significava naquele momento. Os dois provaram o seu valor. Mesmo sem a conexão perfeita, estavam além dos limites impostos pelos objetos. Nem pareciam humanos, de tanto poder e habilidade que demonstravam. Ofegantes, os dois se encaravam e continuavam a atacar incessantemente.

— Já se passaram setenta e dois minutos, pessoal. Essa batalha parece não ter fim — o professor comentou, assustado com a resistência dos dois.

— Pensei que nunca precisaria usar isso contra um humano — Murakami disse, sorrindo. — Você realmente foi além das minhas expectativas.

— O que está dizendo, Hino? Por acaso ainda tem um truque na manga?

— Mais do que isso. Tenho uma lança na manga!

Então ela iluminou o local com sua lança. Uma luz tão forte que poderia ser comparada ao sol. Todos no Hexagonal sentiram vertigem, exceto a doutora, que se aproveitou do momento e desferiu o golpe final, desacordando o amigo. Ele, por sua vez, caiu, desfazendo a conexão e voltando a ser o garoto de sempre.

— Foi um prazer batalhar com alguém tão nobre quanto você, Akio. — Ela o abraçou mesmo desmaiado e o levou para fora da sala.

— O que aconteceu, doutora? — questionou o professor.

— Eu venci. Isso é o que aconteceu. — Ela colocou o garoto em um sofá que ficava fora da sala de treinamento. — Essa batalha exigiu muito de nós. Provavelmente ele não vai acordar por agora, e eu também preciso de descanso.

— Tudo bem, vamos comer algo e descansar um pouco. Em duas horas, finalizaremos o torneio — disse o professor. — Teremos uma batalha entre Iyo, Ikkei e Murakami. Vai ser, no mínimo, incrível, isso não posso negar.

Todos foram para a copa almoçar e depois descansaram na sala. Pela janela, era possível ver Katsuma sentado na grama, concentrando-se.

— Que tipo de loucura estão fazendo ali, Iyo? — perguntou Mieko.

— Não sei, eu ainda não entendi o que é esse treinamento — respondeu Iyo, quando foi interrompida pelo professor.

— Temos mais dez minutos, pessoal! Vamos aproveitar os últimos momentos.

A essa altura, Akio já havia almoçado e estava entre eles. Os três finalistas se preparavam mentalmente para a batalha.

— Pronto! Vamos lá — disse o professor, animado para o desfecho do treinamento.

Todos seguiram para o Hexagonal e os três entraram na sala.

— Iniciar combate! — Ouviu-se a voz do professor pelos alto-falantes.

Imediatamente, Ikkei e Iyo fizeram a conexão perfeita e foram para cima de Murakami. Eles se aproximavam como cometas poderosos: um vermelho e o outro dourado, trazendo com a velocidade um som ensurdecedor. Como Murakami era a mais forte, decidiram eliminá-la para depois batalharem entre si. Um dos dois sozinho não teria a menor chance contra a doutora. Murakami ajustou os óculos e fez sua conexão. Apenas um golpe em cada um e os dois caíram desacordados.

— O que aconteceu? — O professor arregalou os olhos, assustado com a cena.

Então todos no local olharam para Akio. O jovem garotinho de cabelos azul-claros, sentado no sofá sem conseguir tocar os pés no chão, estava realmente em outro patamar. Ele, por sua vez, via Hino saindo da sala. Ela o encarou fazendo um sinal positivo, como se dissesse: "É isso mesmo, Akio. Estamos em um nível diferente do deles. Somos iguais". Nesse momento, o garoto chorou. Não por ser forte, mas por se dar conta de que representava, da melhor maneira possível, o antecessor da coleira.

Red, eu sabia que não ia decepcionar você, ele pensou, enxugando as lágrimas.

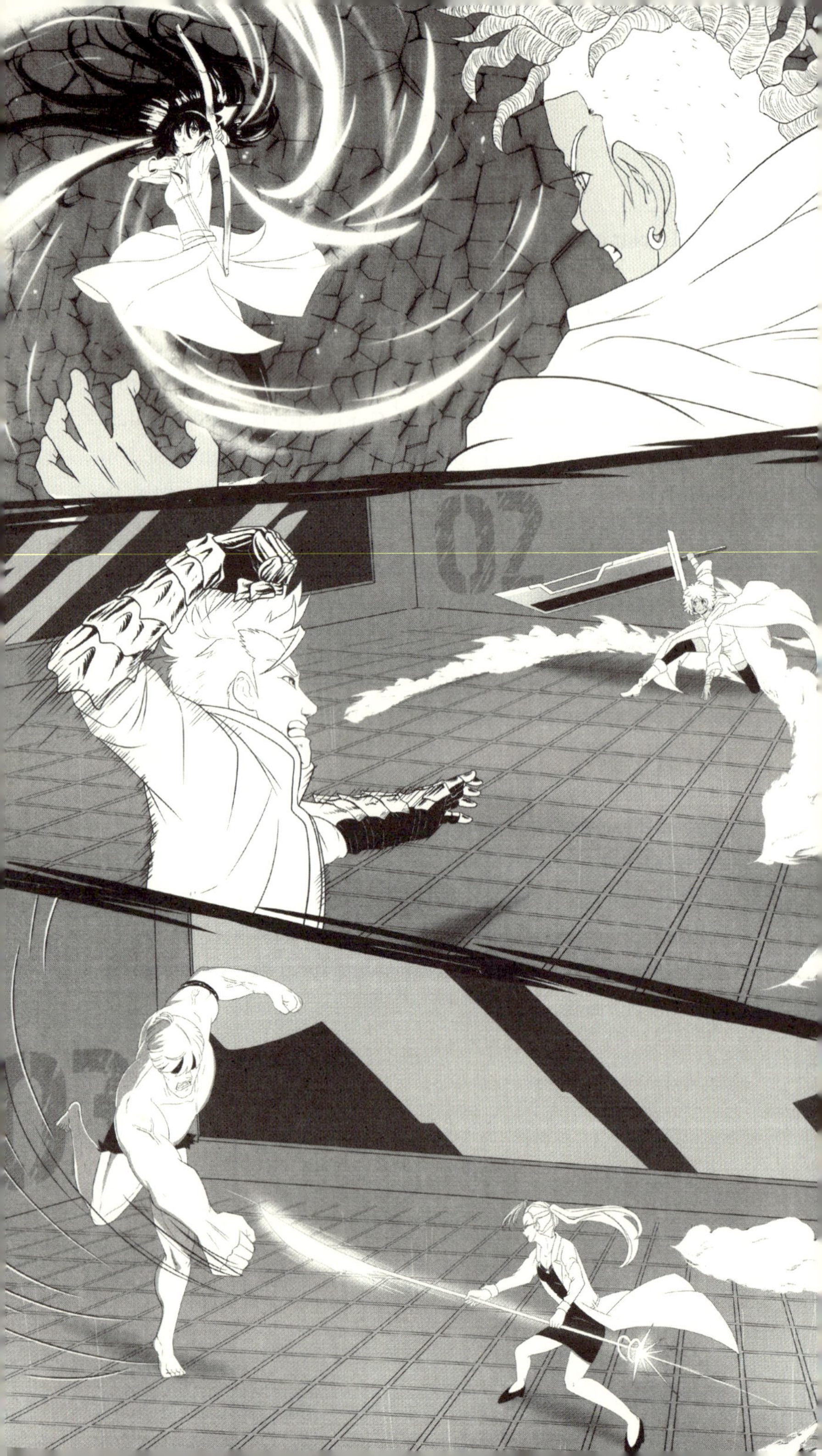
02

13

FRIO

No início da noite, próximo às dezenove horas, os conectados já haviam tomado banho, descansado e estavam prontos para o jantar — exceto Iyo, que ficou na janela o tempo todo observando Katsuma, ainda em treinamento.

— Iyo. — Ikkei chegou de repente, tocando o ombro da garota.

— Que susto, Ikkei! Nem percebi você chegando de fininho — ela disse com os olhos arregalados e a mão no peito.

— Desculpe, Iyo! Eu só queria te lembrar de comer e descansar um pouco. O treinamento hoje foi muito pesado. — Ele se aproximou, também olhando pela janela. — Está preocupada com o Katsuma, né? Fique tranquila, ele está em boas mãos.

— Eu sei, Ikkei. Não é esse o problema. — Ela suspirou fundo. — Parece que Katsuma e eu nunca teremos um tempo a sós, nunca teremos tempo de verdade, um para o outro. Tenho vontade de aproveitar momentos a sós com ele, mas parece que essa loucura nunca vai acabar!

— Entendo, Iyo. — Ele também suspirou. Ainda olhando pela janela, desviou o olhar para o céu. — Abandonamos a escola, abandonamos o cinema, as festas e qualquer outra diversão por um foco maior: a vida.

— Eu sei, Ikkei, não posso negar o destino imposto a mim. Mas confesso que às vezes queria não saber a verdade, queria ser uma pessoa comum, que pudesse passear e me divertir sem medo do futuro.

— Acredito que todos nós nos sentimos assim, Iyo, em vários momentos. E é de fato um fardo carregarmos o peso de toda a vida terrestre. Mas também penso que é um privilégio enorme ser capaz de fazer algo. Imagine, por um momento, você não ser capaz de ajudar em nada, apenas aguardar a morte certa que se aproxima.

— Concordo, Ikkei. Preciso ser mais forte e mais focada ainda. É esse aperto que sinto no peito... Dói muito ter que esperar.

— Você já é forte, Iyo. Faz mais que qualquer um aguentaria. Admiro você por isso. Todos nós estamos sofrendo uma grande pressão. E isso tudo só vai ter fim quando salvarmos o planeta.

— E se não salvarmos, Ikkei? E se o pior acontecer?

— Então morreremos batalhando! Como os heróis que somos! — ele disse com grande seriedade, impactando, em contraste, as palavras negativas da garota.

— Vê-lo tão destemido assim me dá até vergonha, Ikkei. Mas confesso que os últimos acontecimentos têm me dado muito medo de perder o Katsuma. Estou cada dia mais apegada a ele, e isso gera uma explosão de emoções no meu coração, às vezes até distorcendo verdades que eu antes considerava absolutas.

Ikkei puxou uma poltrona e sentou-se ao lado da amiga, enquanto ela ainda olhava pela janela.

— Sabe, Iyo, há muito tempo treinamos juntos, há muito tempo somos amigos. Eu te considero uma irmã mais nova.

— Obrigada, Ikkei! Saiba que tenho o mesmo sentimento por você. — Ela sorriu, tocando o braço dele.

— Então preciso ser sincero sobre o que tem acontecido. Não é meu intuito te ferir, mas acho importante saber se você já entendeu os fatos. Posso falar?

Iyo sentiu um aperto ainda mais forte no peito.

— Pode falar, Ikkei. Sabe que confio em você.

— Então, Iyo. Você conhece Katsuma desde que é criança, o viu em coma como Absalon, nutriu uma amizade de infância com ele, enquanto ainda frequentavam a escola. Acho bonito como o amor de vocês dois cresceu durante essa jornada, mas talvez você não tenha compreendido os acontecimentos em sua plenitude.

Iyo permaneceu em silêncio, estava curiosa e assustada com o rumo daquela conversa.

— Sabe, Iyo. O Katsuma não é humano, ele não é um de nós. Não sei se você percebeu, mas não parece claro qual é todo o esforço do capitão Yamamoto?

— Percebo, sim, Ikkei, eu acho. Ele quer que Katsuma volte a ficar forte, não é? — questionou Iyo sem acreditar nas próprias palavras.

— Isso também, mas é um pouco mais além. — Ikkei levantou-se da poltrona, aproximando-se da janela e observando o amigo em treinamento. — O capitão quer que Absalon retorne, isso está cada dia mais claro para mim.

— Como assim?! — Iyo exaltou-se. — Se Absalon voltar, ele vai entrar em coma de novo! O capitão não pode querer isso!

— Veja bem, Iyo. O treinamento serve para fortalecer o espírito de Katsuma. Assim que sua mente e seu espírito estiverem fortes, Absalon poderá retornar. Esse é o objetivo do capitão, como ele sempre repete: "Meu príncipe ainda vive. Vou ter meu príncipe de volta" — Ikkei imitou a voz do capitão. A cena deveria ser engraçada, mas no contexto não soou assim.

— Então quer dizer que — Iyo parou no meio da frase, sentiu um nó na garganta — Katsuma deverá herdar o trono hakai e deixar nosso planeta?

— Sim, Iyo. É bem provável que o retorno de Absalon seja nossa única esperança. — Ele tocou o ombro da amiga, voltando-se para a parte de dentro da mansão, enquanto ela ainda estava de frente para a janela. — Espero que supere tudo isso. Você merece toda a alegria do mundo. Por enquanto, vamos focar nossos esforços em salvar a Terra, assim como temos feito — ele finalizou a frase, indo jantar com o pessoal.

— Certo! — ela afirmou, com lágrimas nos olhos, virando-se para a janela. Ficou mais alguns minutos observando o treinamento e depois foi para o seu quarto.

Enquanto tomava banho, memórias da infância invadiram sua mente. Iyo passava xampu no cabelo, lembrando-se desde Absalon desacordado na cama até o dia em que se tornou seu grande amigo Katsuma, mais do que isso, seu verdadeiro amor. Terminando o banho, vestiu o roupão e se deitou na cama, buscando um breve descanso antes de vestir sua roupa para jantar. Ela, então, cochilou.

De repente, fortes sons acordaram todos. Já ultrapassava meia-noite. Os conectados e os funcionários da mansão foram correndo para a frente da residência ver o que estava acontecendo. Era o resultado do treinamento hakai em vigor. Katsuma e o capitão trocavam golpes em uma velocidade que ia muito além do que jamais viram. O forte impacto dos golpes causava os sons ensurdecedores que haviam acordado todos.

— Muito bem, Absalon. Finalmente está progredindo — disse Yamamoto em meio ao treinamento.

A troca franca de golpes era algo realmente incrível de observar.

— Mas sinto que algo está te impedindo de evoluir ainda mais e ser o Absalon que sempre foi! Seja como for, já é um começo!

Yamamoto segurou os golpes do garoto e o lançou ao chão.

— Por hoje é só, Absalon. Vê-lo progredir traz paz à minha alma. Mas, como eu disse, parece que algo o impede de realmente realizar a conexão completa. Sabe me dizer o que está sentindo?

— Estou bem, capitão. Talvez seja porque é a primeira vez que consigo me conectar. Então ainda tenho muito a aprender — ele respondeu bastante satisfeito, pois tinha confiança em uma futura evolução

— Tudo bem, Absalon. Vamos descansar, já é tarde.

Nesse momento, já estavam todos na porta de entrada esperando os dois. Yamamoto percorreu o caminho pensando que algo poderia estar errado. Ele tinha certeza de que, em uma conexão como essa, os poderes de Absalon explodiriam, abrindo as portas novamente para o máximo dessa habilidade. Algo estava errado, e ele tinha certeza disso. Antes que pudessem chegar à porta, Iyo veio correndo na direção de Katsuma, abraçando-o com muita força.

— Parabéns, Katsuma! Você estava demais! Quanta evolução!

— Ah, Iyo. Obrigado — ele respondeu sem graça, devolvendo o abraço e beijando o rosto dela.

Imediatamente, o capitão parou. A cena que viu o fez pensar melhor. E se ela fosse o problema? E se Iyo estivesse prendendo Katsuma à humanidade e limitando suas habilidades? Isso não fazia sentido, pois ela era o amor que o havia trazido de volta anteriormente. Então ele se lembrou com mais clareza daquele dia. Quando Absalon retornou, ele era o príncipe hakai, mas, ao olhar para Iyo, voltou à sua humanidade. Seria esse amor o empecilho para a salvação do planeta? Sua mente não conseguia parar de pensar que sim. Mas algo tão bonito ser a causa de um extermínio em massa não poderia acontecer. Ele não tinha certeza, mas, mesmo que houvesse uma única faísca de chance, deveria intervir. Muitas vidas estavam em jogo para que ele ficasse calado.

Todos foram para os quartos, exaustos após o excessivo treinamento que tiveram durante o dia. Katsuma e Yamamoto agora faziam um lanche na cozinha.

— Lámen! Há quanto tempo não aprecio um tão bom quanto este. — Katsuma comia desesperadamente. Ele estava com muita fome e exausto. Foram horas intensas de treinamento.

— Certo, Absalon! Admito que o alimento humano tem um sabor realmente especial. — Yamamoto também estava muito cansado, e o lámen realmente estava delicioso.

— E aí, capitão? Tenho me desenvolvido bem? Está gostando da minha evolução? — Katsuma perguntou, sorridente, confiante em suas habilidades recém-adquiridas.

Yamamoto era bondoso, inteligente e sincero. Como um verdadeiro hakai, não media palavras para agradar com mentiras. Seu posicionamento era firme e verdadeiro.

— Absalon. — Ele colocou os cotovelos sobre a mesa, entrelaçou os dedos, fechou os punhos e olhou Katsuma com muita firmeza. — Você disse que estava disposto a passar pela dor para salvar o planeta, estou correto?

— Sim, Yamamoto. Para salvar a vida aqui na Terra, estou disposto a qualquer sacrifício — ele disse também com firmeza, ficando de pé e apontando o próprio peito.

— Esse é o espírito, Absalon! Nada pode impedir a salvação do planeta!

— Exato, Yamamoto!

— Então deve terminar com a Iyo.

O entusiasmo do garoto foi interrompido de repente. Como poderia abrir mão de uma das melhores coisas que teve na vida?

— Por que diz isso, Yamamoto? — perguntou Katsuma, agora tremendo.

— Você não consegue ir a fundo em seu domínio da conexão com a natureza. Temo que seja seu lado humano falando mais alto. Seu amor por Iyo aparenta ser intenso demais, e isso com certeza é um obstáculo. Sei que meu pedido é extremamente forte, mas há bilhões de vidas que precisamos salvar.

    Katsuma começou a chorar. Seu coração palpitava forte. Em sua mente, um turbilhão de pensamentos e emoções. Ele respirou fundo, guardando toda a dor em seu peito. Sentou-se novamente na cadeira. Enxugou as lágrimas que molharam seu rosto e encarou o capitão, suportando toda a dor, conforme havia prometido fazer. Enquanto apenas uma lágrima ainda brotava de seus olhos, declarou:

    — Sabe, capitão. Desde que me entendo por gente, sou apaixonado por Iyo. Provavelmente porque acordei um adolescente, não é verdade? — Ele sorria, disfarçando o momento dramático que estava vivendo. E, com esse sorriso, enxugava a última lágrima. — Ela se tornou minha paz, minha tranquilidade e minha esperança em um futuro melhor. Quando olho para Iyo, sabe o que vejo? A pessoa mais bela e perfeita que jamais vi. É como se ela fosse meu sonho personificado em alguém que me traz alegria de viver. Não sei nada sobre as centenas de anos que vivi antes de conhecê-la. Mas, no fundo da minha alma, sinto que sem ela não posso viver. Como você disse, esse amor pode ser uma falha, pode ser um problema com o qual não poderei prosseguir. Mas afirmo, capitão, ainda que eu renascesse mais mil vezes, em todas elas eu cometeria esse mesmo erro. Porque essa falha me trouxe de volta a alegria de viver.

    — Entendo, Absalon. Acho que, em todos esses séculos, eu jamais ouvi você dizer palavras tão profundas. Não importa qual seja sua decisão, vou apoiá-lo.

    — Ela é o que me faz querer viver? Sim. Não posso negar o poder dela sobre os meus sentimentos. Mas sabe, capitão, como eu disse, estou disposto a dar a minha vida pela salvação da Terra. O que precisar ser feito será feito.

Katsuma engoliu em seco. Segurou as lágrimas, que pareciam explodir, entaladas em sua garganta.

Katsuma subiu para o quarto e fez algo que já não fazia havia bastante tempo. Conectou seus fones e colou sua *playlist* de músicas eletrônicas favoritas no volume mais alto. Ele não chorava. Não estava triste, nem alegre, nem com raiva. Nenhum sentimento o habitava naquele momento, apenas a seriedade e o comprometimento com os quais havia se conectado. A promessa de salvar o planeta e o desejo de que sua amada vivesse eram mais fortes do que nunca. Se fosse necessário esse sacrifício, ele estaria disposto a entregar o anseio de sua alma.

No fim do corredor, ainda sem dormir, estava Iyo pensando nas palavras de Ikkei e preocupada com toda a situação. Ela não poderia se colocar à frente da vida na Terra. Em meio a pensamentos conturbados, decidiu ir ao jardim na frente da mansão, ainda na madrugada. Ela caminhou pelo corredor, depois desceu a escada. Passou pela sala de estar, até chegar à porta. Quando a abriu, sentiu um vento gelado, que balançou seus longos e belos cabelos. Estava frio, mas ela pareceu não se importar. Andando descalça pela grama, se aconchegou em um balanço que ficava em uma grande árvore próxima de um lago artificial. Enquanto se balançava, lembrava-se dos momentos com seu amor, Katsuma. O ciúme do garoto com outros alunos da escola, os momentos em que foram ao parque e as tristezas que enfrentaram juntos, desde que se uniram na mansão de Ikkei.

Tinham apenas dois dias de relacionamento declarado e agora o laço estava prestes a se arrebentar.

— Iyo.

Ela olhou para o lado, tomando um susto. Era Katsuma.

— Olá — ela respondeu sem graça, como se o garoto soubesse o que se passava em seus pensamentos. — O que faz aqui, Katsuma? Pensei que estivesse dormindo.

— Não consegui dormir — ele respondeu, seco. Mas seu coração estava quebrado e a dor em seu peito seria capaz de matar alguém de desespero. Katsuma se manteve firme. — Estou preocupado com o que está por vir. Estava caminhando perto do lago quando vi você chegar.

O vento gelado tocava a pele do garoto, mas ele não era capaz de senti-lo. A maior dor possível estava ali, presente em seu ser, rasgando suas emoções como as garras de um leão rasgam suas presas. Externamente, ele permanecia inabalável, escondendo todo o sofrimento e suportando toda a dor. Já internamente, era como se um maremoto passasse devastando sua única alegria em tanto tempo.

— Eu também estou preocupada, Katsuma. — Ela se levantou do balanço e o abraçou.

Katsuma devolveu o abraço, que foi se apertando mais e mais. Os dois entenderam o que estava acontecendo ali. Ele a beijou. O vento jogava os cabelos dela ao ar, como uma dança, e o frio que dominava a madrugada refletia a dor do casal.

Eles se olharam novamente.

— Não podemos mais ficar juntos — disseram ao mesmo tempo, arregalando os olhos em seguida.

Sem perguntarem o porquê, sem trocarem mais nenhuma palavra, eles se soltaram. Iyo abaixou a cabeça, sentando-se no balanço novamente, e Katsuma voltou à mansão. A cada passo que se distanciava dela, era como se a dor multiplicasse, dilacerando o que ainda restava de suas emoções. Ele olhou para o céu e viu folhas sendo levadas pelo vento. Entre as folhas, percebeu a lua crescente e disse a si mesmo:

— É por você, Iyo. É por você. — Então abaixou a cabeça e foi para o quarto. A tristeza era tanta que consumiu suas emoções. Sua pressão caiu e ele dormiu rapidamente.

O que é o verdadeiro sacrifício? Abandonar tudo por amor ou abandonar o amor pelo amor? A decisão foi decretada, os laços foram rompidos. A seriedade do momento refletia a maturidade adquirida após tantos golpes. As cicatrizes da alma se acumulavam a ponto de se sobreporem em várias camadas. Muitos chamariam aquilo de força ou coragem. Mas seria verdade? Talvez o nome correto fosse o mesmo para os dois momentos. O que trouxe o casal e o que o desfez é o mesmo dom: o amor. O vento gelado fazia par aos corações agora mortos – não pela espada do inimigo, mas pela decisão de amar verdadeiramente acima de tudo.

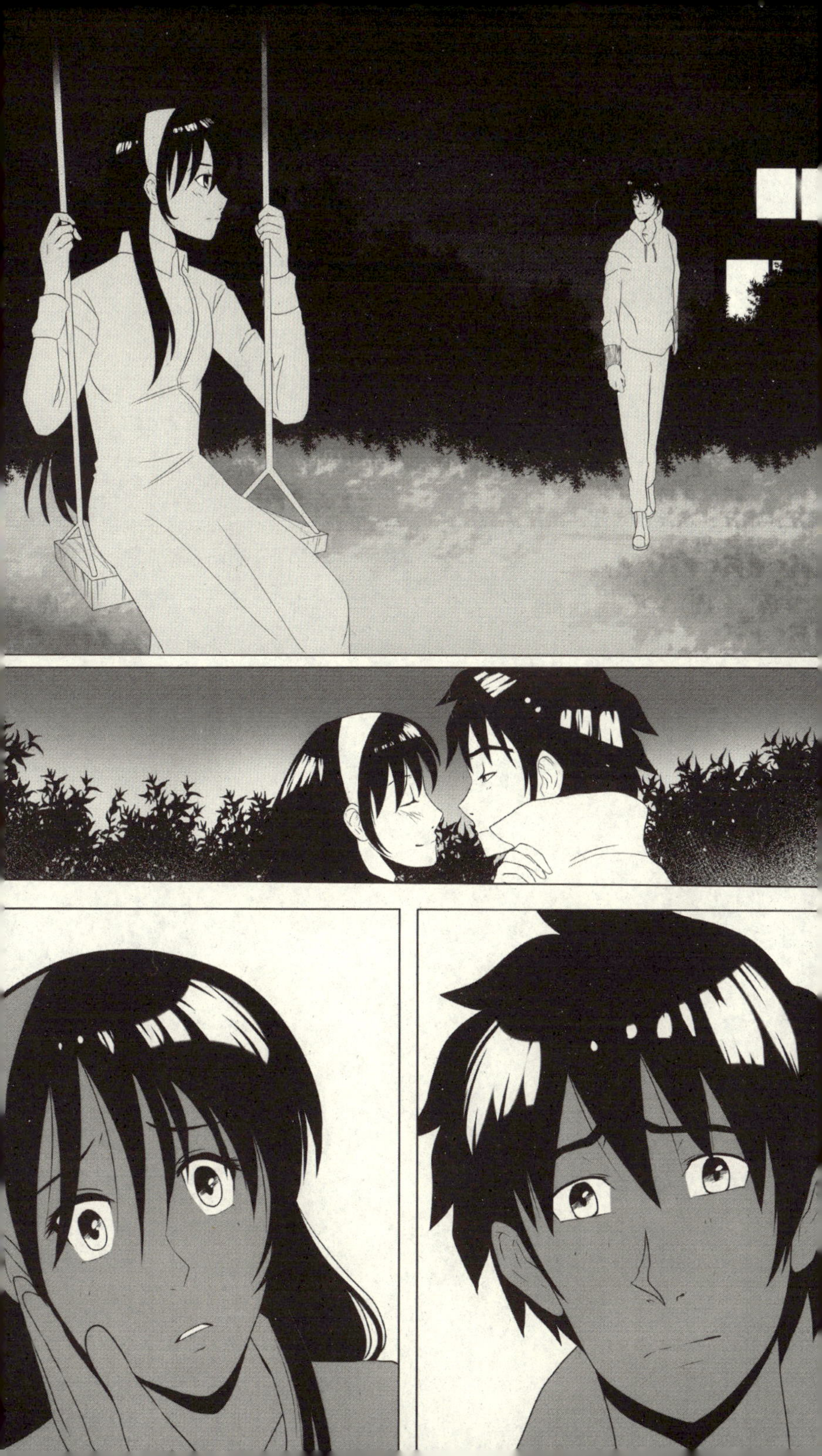

14

FIO

SAINDO DE SEUS APOSENTOS LOGO APÓS ACORDAR, O IMPERADOR HAKAI SEGUIA UMA ROTINA DE ATIVIDADES. Antes de comer, ainda em jejum, fazia treinamento muscular. Depois, corria por uma hora em uma pista especial, feita apenas para ele, e seguia para treinar combate em um simulador. Esse simulador ficava em um dos andares do subsolo do palácio imperial, com uma tecnologia exageradamente mais avançada que a do Hexagonal na mansão de Ikkei. Logo após todo esse longo treinamento de aproximadamente quatro horas, ele consumia alguns produtos de crescimento muscular de alta tecnologia hakai e, em seguida, almoçava. Seus músculos permaneciam tão robustos mesmo após tantos séculos graças à sua intensa e rigorosa rotina. Após almoçar, tomava banho de banheira e ali mesmo iniciava as suas atividades como imperador, analisando todos os dados recebidos de seus generais, ministros e outros subordinados. Por mais que Zenchi cuidasse da maior parte da burocracia, sua dedicação intensa como imperador o instigava a observar tudo.

Naquele dia, após sair do banho, colocou suas vestimentas reais e foi para o Salão Imperial, onde Zenchi o estava aguardando.

— Vida longa ao imperador! — exaltou Zenchi, curvando-se perante ele. — Já se passaram aproximadamente oitenta dias desde o retorno do general Yukata Riki, meu senhor. Desde então, estamos nos preparando intensamente para o combate. Faltam cento e noventa e nove dias para o ciclo d'A Grande Balança, vamos realmente aguardar ainda mais?

— Me diga você, Zenchi. Vamos aguardar ainda mais? — Ele se sentou no trono, jogando sua capa para o alto, e olhou para o sábio, aguardando uma resposta.

— Acredito que está tudo pronto para a invasão, senhor. Porém, esperar o momento exato d'A Grande Balança é de extrema importância para o ciclo em atividade.

O imperador levantou-se, bradando em voz alta:

— TODOS AQUI, SAIAM IMEDIATAMENTE!

Rapidamente, o Salão Imperial ficou completamente vazio. Apenas o imperador e Zenchi permaneceram no local.

— Pronto, Zenchi. Diga logo o que tem a dizer, sem rodeios. Sem essa balela de "A Grande Balança". Não tenho tempo para conversinhas.

— Mas, senhor, é importante mantermos a coerência. Afinal, o nosso golpe de estado teve como base a ideia de que o equilíbrio nunca seria estabelecido. Foi assim que conseguimos o apoio da maior parte da população.

— Certo, Zenchi. Mas se passaram alguns séculos desde então. Acha realmente necessário arriscarmos uma derrota? — Então foi mais incisivo no questionamento: — Responda à minha pergunta, em qual etapa está nossa preparação?

— Tudo bem, senhor. Estamos prontos. Acredito que o ataque agora seja até mais eficaz. Pelo que pudemos observar, no Planeta Azul haverá resistência, então concordo que não podemos vacilar.

— Certo. Já perdemos muitos homens. Inclusive o traidor do Yamamoto está com eles. Não há mais tempo a perder! Precisamos nos engajar com força total.

— Tudo bem, meu imperador! Mas ainda tenho dúvidas sobre toda a população. Ir contra o tempo correto d'A Grande Balança pode destruir completamente a sua reputação. Eu me sinto obrigado a reafirmar isso e pedir mais cautela.

O imperador se frustrou. Levantou-se de seu trono e caminhou por alguns minutos pelo salão, pensando em uma solução. Até que chegou ao plano perfeito, que não apenas destruiria a vida no Planeta Azul e o ergueria ainda mais em seu trono como também eliminaria sua única ameaça ao poder. Entusiasmado, ele contou todo o plano a Zenchi, que gargalhou diante da ideia genial do imperador.

— O senhor tem o meu total apoio, imperador. — Ele não conseguia esconder a satisfação imensa perante o plano. Seu sorriso era largo e malicioso. — Devemos chamá-la agora?

— Imediatamente, Zenchi. Imediatamente.

Então o sábio Zenchi contatou Alícia, que estava em uma missão na cidade vizinha.

— General Tyra! O imperador solicita sua presença!

Ela olhou para o sábio, que já havia ativado o sistema de teleporte e se manteve em silêncio. Seu olhar de fúria era claramente visível. Ela não havia se esquecido do episódio de pouco mais de dois meses antes, quando Zenchi tentara executar seu irmão.

— O que foi, general Tyra?! Vai negar uma ordem direta do imperador? — ironizou o sábio, com uma leve risada no canto da boca.

Os olhos azuis de Alícia refletiam o mais puro ódio que dominava sua alma. Seu corpo tremia em busca de sangue.

— Estou a caminho — ela disse, negando-se a usar o teleporte, atingindo uma velocidade verdadeiramente assustadora.

A general estava a pouco mais de cinquenta quilômetros do palácio. Em sessenta segundos, ela se pôs de joelhos perante o imperador. Sua velocidade era quase três vezes maior que a do som. Os olhos arregalados de Zenchi e do imperador resumiam o medo que a garota infligia. Sua presença era inabalável e a pressão de seu poder, verdadeiramente assustadora.

— Obrigada pelo contato, Zenchi, mas acho que o dispositivo estava estragado. — Ela esticou o braço direito para o lado, soltando o comunicador em pedaços. — Vida longa ao imperador!

— Seja bem-vinda, general Tyra — disse o imperador. — Obrigado por ter chegado aqui tão rapidamente.

— Estou sempre às ordens, meu senhor — ela disse, levantando-se, mas ainda curvada, com a mão direita sobre o peito.

— Temo que eu precise fazer um novo comunicador, general, já que não houve cuidados de sua parte — Zenchi disse, tentando controlar seu ódio e temor por Alícia, que aumentavam a cada dia.

— Me desculpe, nobre Zenchi. — Suas palavras expressavam o mais puro sarcasmo. — Talvez o comunicador não suporte toda a minha força. Aliás, acho que não preciso dele. Poderia ter chegado ainda mais rápido, só não o fiz para evitar maiores destruições. — Ela sorriu levemente, de modo que o imperador não visse. O sábio, porém, pôde sentir o seu desprezo.

— Alícia — disse o imperador, levantando-se do trono. — Arrume suas coisas imediatamente. Você partirá para o Planeta Azul ao lado do general Yukata. Lá ele vai levá-la até os empecilhos e minha ordem é que eles sejam eliminados. Inclusive o general Yamamoto, aquele traidor!

— Certo, imperador! Obrigada pela honra e pelo presente. Eliminar um traidor será de uma alegria sem tamanho. Não vejo a hora de ter Yamamoto em minhas mãos. — Ela jogou seus cachos dourados para o lado e ajeitou a franja.

— Lembre-se de um detalhe de muita importância: essa será uma missão extremamente sigilosa, conto com sua cooperação. Nem mesmo seu irmão poderá saber para onde está indo e o que vai fazer. A segurança de nosso plano depende disso.

— Certo, meu senhor. A ordem será cumprida. Se me permite, posso saber por quê? — Ela franziu a testa, sem entender o sigilo de uma missão como aquela.

— O capitão Yamamoto tem muitos amigos em nosso exército — tomou a palavra o sábio Zenchi. — Não queremos causar uma rebelião e não é do nosso interesse ele ser julgado. A execução acaba de ser decretada, e ninguém além de nós precisa saber disso.

— Entendo. De toda forma, como eu disse, será um prazer exterminar Yamamoto.

— Certo, Tyra! — disse o imperador. — Zenchi, solicite a presença do general Yukata conosco.

O sábio repetiu o procedimento. Contatou o general Yukata Riki, que, por sua vez, não agiu como Alícia, mas se teleportou para o Salão Imperial, atendendo ao chamado.

— Vida longa ao imperador! — disse de joelhos, com o punho direito no peito.

— Descansar, general — o imperador deu a ordem. — Preciso que volte ao Planeta Azul com Alícia. Leve-a ao traidor.

Sabendo de todo o poder que emanava da general, Riki olhou para A Grande Balança, percebendo que ainda faltavam muitos dias para o fim do ciclo.

— Senhor, desculpe minha intromissão. Mas faltam quase duzentos dias para o ciclo acabar. — Ele apontou para a ampulheta. — Enviar a general Tyra agora não seria ignorar A Grande Balança?

O imperador se aproximou de Riki.

— General. Tendo em vista os últimos acontecimentos, acreditamos que, até o findar do ciclo, o Planeta Azul poderá estar forte demais. Eles nunca nos venceriam, mas temo as baixas que podemos ter em nosso exército. Nesse caso, prefiro resguardar a vida de nosso povo, em vez de esperar tantos dias assim. E digo mais! Eles abrigam um grande traidor, que precisa ser eliminado. Ele sabe de muitos segredos da nossa raça, não pode continuar livre assim tão facilmente.

— Eu não pretendo ir contra A Grande balança, Riki — Alícia tomou a palavra. — Vou ser bem cirúrgica no meu objetivo.

O general Yukata Riki olhou para a garota, imaginando quão devastadora poderia ser uma batalha entre ela e Yamamoto. Ele pensou na fragilidade dos humanos que havia observado em seu tempo recente na Terra. Então teve certeza de que uma carnificina ocorreria, mas não descumpriria uma ordem dada pelo próprio imperador.

— Certo, meu senhor! Cumprirei todas as ordens. — Ele se curvou novamente, em sinal de respeito.

— Então o comando é simples, general Tyra. Vá ao Planeta Azul e elimine as ameaças e o traidor — o imperador definiu as regras. — General Yukata, sua única missão é levá-la aos alvos. Não interfira na batalha. Estamos entendidos?!

— Certo, imperador! — responderam em uníssono, curvando-se novamente.

— Estão dispensados — finalizou o imperador.

Enquanto caminhavam para fora do salão, Alícia observou A Grande Balança. A areia que caía da ampulheta pareceu ficar em câmera lenta. A cada grão, ela era capaz de ouvir o grito de um amigo, de um familiar e de seus pais. A lembrança dolorosa levou-a brevemente a suas memórias em Yosa, onde teve uma vida feliz. Quando seus olhos começaram a lacrimejar, ela voltou a si, suportando o sofrimento.

Não posso me entregar agora. Já que estou aqui, farei o melhor possível, ela pensou, enxugando os olhos com o antebraço. Sua armadura, de cor rosada e única, colocava em destaque a pequena e poderosa general. Ao sair do palácio, foi direto para casa e, sem dizer nada ao irmão, se preparou para a viagem. Um tenente levou um iorb para ela, onde estava a mais imponente nave do exército hakai. Obviamente o tenente não sabia o que estava ali, já que era uma missão de altíssimo sigilo. A grandiosidade da nave era digna de seu piloto, a primeira-general Tyra Alícia. Ela segurou o iorb com muita força, esboçando o mais maléfico dos sorrisos.

— Yamamoto, você me paga — sussurrou, como se por algum motivo ela sentisse que eliminá-lo pudesse diminuir um pouco sua dor.

Alícia, pela primeira vez, alisou os seus cachos. Seus cabelos lisos, que até então estavam pouco abaixo do ombro, alcançavam a cintura. Ela prendeu a franja de lado, nem parecia a mesma pessoa. Olhando para o espelho, viu o reflexo de sua beleza inigualável. A mudança repentina em sua aparência indicava um novo estágio em sua jornada. Ela ainda não sabia o porquê desse sentimento de mudança, mas gostou de experimentá-lo. Fazia tempo que não era designada para um desafio de verdade. Poder matar um hakai, sem penalidade? Era um sonho! Principalmente alguém de tão alta patente. Era como um petisco que poderia acalmar um pouco seu desejo de vingança reprimido. Em poucas horas, o general Yukata apareceu em sua porta para acompanhá-la ao Planeta Azul.

— A-Alícia? — ele gaguejou ao contemplar em plenitude a beleza da mais poderosa general. — Você está diferente.

— Não temos tempo para esse tipo de assunto, general — disse Alícia, passando ao lado dele, em direção ao local de decolagem. — Vamos!

Ainda atônito com tamanha beleza, o general, que geralmente não expressava emoções, não conseguia disfarçar o encantamento. Apenas seguiu-a, rumo à missão.

No Salão Imperial, Zenchi e o imperador se preparavam para finalizar a primeira parte do plano.

— Zenchi, vista-se adequadamente e cuide para que não seja percebido.

— Sim, imperador. Agirei com toda a minha cautela e experiência — respondeu o sábio, com sua voz rouca.

O sábio caminhou para seus aposentos e vestiu um disfarce tecnológico. Agora, aparentava ser um soldado hakai comum. Apenas mais um em meio a tantos outros. Caminhando para fora do palácio, percebeu que todos já finalizavam os treinamentos. Já era tarde, a noite chegava e junto dela um vento frio assolava a região. Em suas mãos, Zenchi segurava uma falsa mensagem do imperador, lacrada pelo selo imperial. Sendo assim, nenhum cargo superior o interromperia, já que ele estava em uma missão designada diretamente pelo imperador. Obviamente, tudo fazia parte de seu disfarce. Ao longe, avistou o general Sebastian Vidar, irmão de Alícia, que voltava para sua residência. Então o seguiu, sem ser percebido. Todos os generais moravam em grandes mansões, próximas ao quartel. Alícia deixava a sua vazia, pois preferia morar com o irmão. Ao chegar, Sebastian percebeu a ausência dela, mas rapidamente se lembrou de que ela estava em missão na cidade ao lado, então iniciou sua rotina. Ao puxar seus longos cabelos para cima da nuca, amarrando-os como um rabo de cavalo, uma adaga veio em sua direção. Sentindo a mudança sutil do ar ao seu redor, ele percebeu a aproximação do objeto, que vinha por trás, e então se esquivou. A adaga apenas o feriu levemente abaixo do olho esquerdo, e um pouco de sangue começou a pingar. Com os olhos arregalados, viu a arma no chão e a reconheceu.

— Zenchi, seu imundo! — Ele se virou para trás, percebendo um soldado que mudava de forma, até se tornar o velho.

A visão do general começou a ficar embaçada e seu corpo foi perdendo as forças.

— O que fez comigo, velho miserável? — disse, caindo de joelhos, tossindo, com a mão no peito.

— O veneno que está agindo no seu corpo é uma das minhas iguarias especiais. Fique tranquilo, ele não vai matá-lo nem deixar rastros. Só preciso que você fique onde eu possa finalizar o meu plano e acabar com você.

Ativando seu disfarce novamente, Zenchi transformou-se na própria general Tyra.

— Traidor — Sebastian tentava gritar, mas em vão. Sua voz estava fraca, assim como todo o seu corpo. — Minha irmã vai se vingar.

Em silêncio, o sábio desembainhou uma espada e a fincou no pescoço do general, que morreu imediatamente. Ainda com o disfarce de Alícia, Zenchi saiu da mansão, permitindo que o vissem com a espada cheia de sangue. Então sumiu no meio da escuridão.

A primeira etapa do plano estava concluída. A general seria dada como assassina do próprio irmão. Sua missão secreta era o pretexto para o imperador acusá-la de fugitiva. Assim, ele eliminaria várias ameaças de uma só vez e ainda seria o herói hakai.

Alícia executaria terráqueos a sangue frio, antes d'A Grande Balança permitir, sendo vista como traidora. Seu irmão teria tentado impedi-la, por isso ela o matara e estava agora foragida. Num surto, matara também o capitão Yamamoto, que teria ido atrás dela no Planeta Azul. O imperador, o grande herói, eliminaria a traidora Alícia, sua única possível ameaça ao trono, e ainda exterminaria a vida no Planeta Azul. O plano perfeito tinha se iniciado. O futuro do verdadeiro equilíbrio estava por um fio.

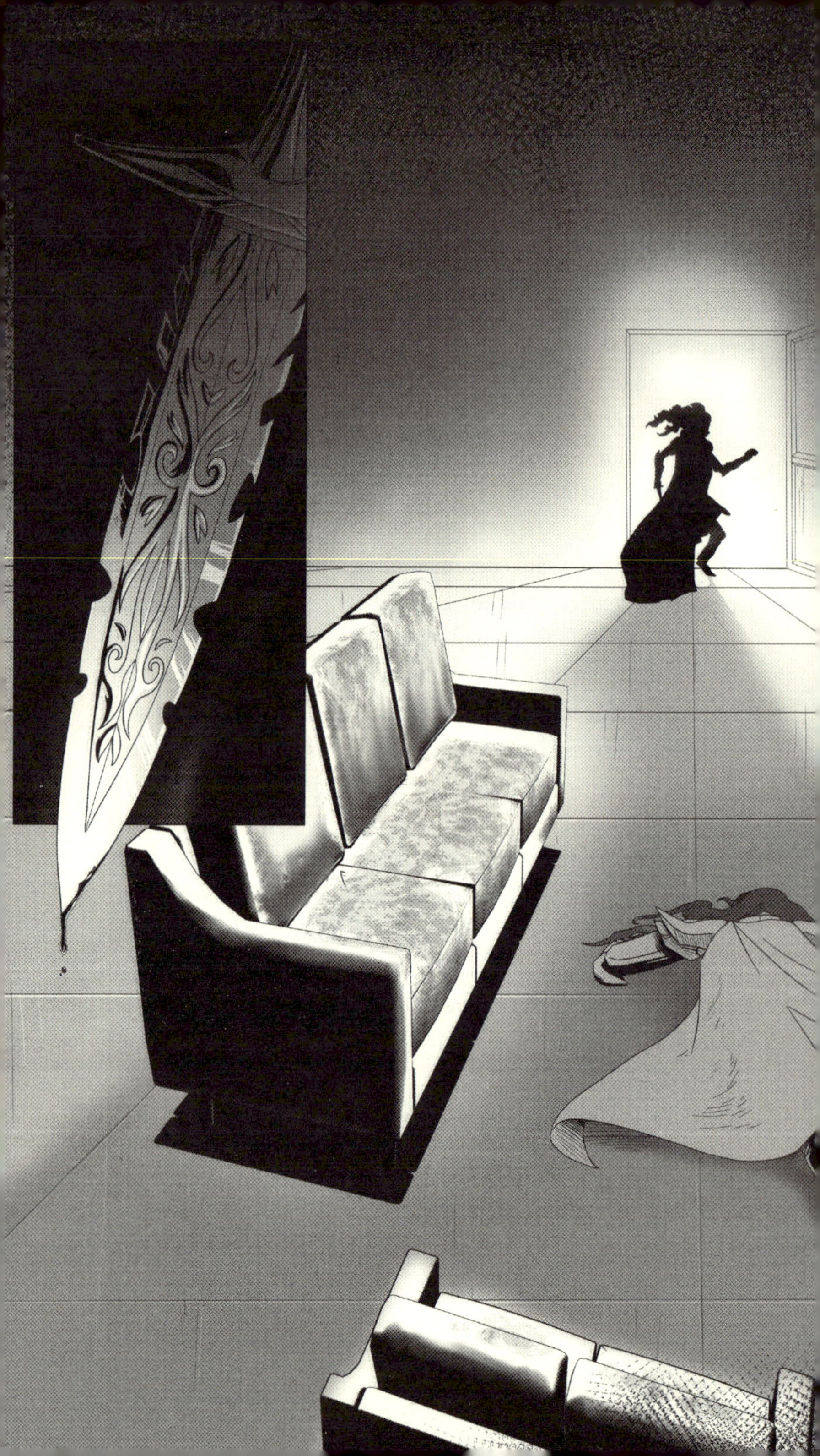

15
LUZES APAGADAS

A PIOR PERDA NEM SEMPRE É A INEVITÁVEL. Às vezes, a dor de uma escolha é mais dura que a morte. O sofrimento que assolava Iyo e Katsuma se multiplicava a cada dia enquanto conviviam dentro da mansão. Eles se viam pela manhã, durante alguns treinamentos e em todas as refeições do dia. Eram obrigados a sorrir e agir naturalmente diante da situação. A cada dia, o ciclo se repetia, aumentando mais e mais a angústia dos pobres corações apaixonados. Em meio às piadas e discussões na mesa de refeições ou nas reuniões, eles simulavam estar envolvidos no assunto. Mas a saudade de beijar e abraçar a pessoa amada dominava por completo a mente dos dois. Foram mais de quinze dias desde o término, mas o sentimento não enfraquecia, só aumentava. Seguiam como a tristeza no coração e permaneciam fisicamente próximos, mas distantes pela mesma força: o amor.

Era noite. Todos já haviam tomado banho e estavam descendo para o jantar pela longa escada que conectava os quartos à sala principal. Mieko e Ikkei haviam se arrumado primeiro e estavam em um dos sofás conversando.

— Ikkei, Mieko! — gritou Akio da metade da escada. — Vamos jantar!

— Podem ir na frente, pessoal — Mieko respondeu, enquanto Ikkei ruborizava. — Estamos conversando alguns assuntos pessoais.

— Então vocês dois vão ficar sozinhos aqui, é? — questionou a dra. Murakami, com seu conhecido sarcasmo. — Parece que está rolando um climinha! — E gargalhou.

— Nada disso, estamos indo agora, não é, Mieko? — Ikkei levantou-se rapidamente, olhando para Mieko, que pareceu incomodada com a decisão dele.

— É, vamos, sim — respondeu sem graça, levantando-se do sofá.

— Não entendi direito essa mudança de decisão — disse Anúbis, confuso com o que estava acontecendo.

— Eu também não entendi — Yamamoto coçou a cabeça, vendo os dois se levantarem.

— Homens! — suspirou Murakami.

Iyo e Katsuma estavam atrás de todos, ainda descendo as escadas. Por mais que tentassem manter a postura, era difícil disfarçar a profunda tristeza que sentiam. Se fossem mais bem observados pelos amigos, rapidamente perceberiam o abismo em que os dois imergiam. A falta de empatia pelo casal recém-desfeito refletia uma falha no grupo. Iyo sentiu um mal-estar e tropeçou na escada. Katsuma rapidamente a segurou.

— Você está bem, Iyo? — questionou, olhando-a profundamente nos olhos.

— Defina "bem" — ela respondeu em um sussurro.

— O que foi, não entendi? — Katsuma questionou, enquanto a garota se levantava.

— Estou bem, sim, Katsuma. — Mas seu sorriso já não era o mesmo de sempre. Agora, era claramente forçado.

Desde o término, a garota não dormia bem. Poucas horas de sono por noite, entre lágrimas e despertares repentinos. A depressão apoderava-se da jovem guerreira. Percebendo a movimentação que vinha de trás, Murakami observou o acontecimento, mas se manteve em silêncio. Ajustou seus óculos e continuou caminhando até o fim da escada.

— Já sei! — exclamou a doutora. — Hoje, as meninas e eu vamos almoçar fora!

— Que legal! — gritou Mieko, animada. — Faz muito tempo que não nos divertimos!

— Por que está em silêncio, Iyo? Não gostou da ideia? — perguntou Murakami, com olhar de compaixão.

— Gostei, sim, doutora. — Novamente com um sorriso forçado, ela simulava uma alegria já esvaída havia bastante tempo. — Vai ser divertido.

— Então está decidido! Vamos, garotas, mais tarde voltamos para o treinamento.

— Mas, dra. Murakami, isso não vai levar muito tempo, né? — perguntou Ikkei, sem entender a decisão repentina.

Murakami fitou-o por alguns segundos, sem nada responder. Apenas seguiu para a saída da mansão, juntamente com Mieko e Iyo.

— Acho que ela não está para conversa — disse Anúbis, gargalhando e dando um tapinha nos ombros de Ikkei, que por sua vez mordeu os lábios de raiva.

Ao atravessar a porta, Iyo voltou-se para trás. Sobre o ombro direito, viu que Katsuma a observava sair, sem desviar o olhar. A porta se fechou e, mais uma vez, não estariam juntos.

— Que cara é essa, Iyo? — perguntou Murakami.

— Nada, só estava vendo a cara de Ikkei depois que você o ignorou. Foi engraçado!

— Foi mesmo — concordou Mieko.

— Que tal comermos um churrasco hoje, meninas? — disse Murakami, lambendo os lábios. — Estou com saudade de ir a um restaurante com comidas bem gostosas.

— Nunca vi você assim. Parece faminta mesmo — disse Iyo. — Gostei da ideia, vamos lá!

— Já estou com água na boca — respondeu Mieko, esfregando a barriga.

— Vai ser um churrasco ao estilo coreano. Tenho certeza de que vocês vão amar. — Murakami apontou para uma rua à esquerda. — É logo ali, já estamos chegando.

Rapidamente elas encontraram o local. Naquele bairro, nenhum restaurante era comum. Claramente havia ali uma culinária do mais alto luxo, como tudo na região. O ambiente com luz suave, os estofados confortáveis, o capricho no atendimento faziam jus à faixada maravilhosa do restaurante. Hino escolheu todos os detalhes da comida, enquanto as garotas decidiam o suco de sua preferência. Elas aguardavam ansiosas, jogando conversa fora. Esse foi o momento que Murakami encontrou para se aproximar de Iyo. Enfim, a comida chegou. Enquanto comiam, se divertiam com histórias engraçadas que Murakami contava de sua adolescência – sobre rapazes de que ela gostava na faculdade e vários temas envolvendo como ela era desastrada, antes de se tornar a perfeccionista de hoje.

— Jamais imaginei que logo a dra. Murakami fosse tão desastrada assim! — Iyo fez questão de frisar. — A DOUTORA MURAKAMI!

— Pois é, Iyo, todos temos um passado, não é verdade? — Murakami se divertia com a situação. — Até mesmo eu já fiz algumas loucuras.

Mieko havia comido tanto que já estava sem energia. Ficou esparramada no estofado.

Em meio ao clima de diversão, Murakami segurou bem firme as mãos de Iyo. Seu intuito era mostrar à garota que ela estava ali. *Você não precisa passar por isso sozinha*, era o que sua ação queria transmitir.

— Iyo, estou com você, estou aqui. Você não está sozinha.

O olhar penetrante de Murakami atravessou a lente de seus óculos, atingindo em cheio as emoções de Iyo, que chorou instantaneamente. Murakami foi para perto da garota, sentou-se ao seu lado e a abraçou.

— Eu não aguento mais — Iyo disse, entre lágrimas e soluços.

Iyo agora apoiava-se no peito da doutora e chorava sem cessar. A cada soluço, ela apertava os braços de Murakami como se buscasse segurança e abrigo para os seus mais profundos sentimentos. E, a cada aperto, Murakami a abraçava mais intensamente, retribuindo o desejo da garota, simbolizando o abrigo que ela buscava naquele momento.

— Não dá mais! Não dá mais! — Iyo repetia a mesma frase, representando o eco de sua alma, que só queria estar próxima de Katsuma.

Após alguns minutos de desabafo, Murakami, com todo amor, questionou-a sobre o que estava acontecendo.

— Nós não podemos ficar juntos, doutora. Não podemos. — As lágrimas escorriam menos, mas sua respiração ainda não havia voltado ao normal.

— Como assim, Iyo? Você e Katsuma não podem ficar juntos? Foi aquele moleque que te disse isso?

— Não, dra. Murakami, não é isso. — Ela apertava as próprias mãos, como se estivesse mal por querer Katsuma. Como se amar fosse o maior de seus pecados. — EU ESTOU ATRAPALHANDO O KATSUMA! EU POSSO FAZER O PLANETA SER DESTRUÍDO SE FICAR COM ELE! — ela exclamou, como um último desabafo.

— Meu bem, de onde tirou essa ideia tão boba? Foi da sua cabecinha? — Murakami beijou a testa da garota. — Sabia que, desde que terminaram, Katsuma tem se desenvolvido menos nos treinamentos? O capitão Yamamoto me disse que ele está muito aéreo, mas não pensei que fosse por isso.

— Mas o Ikkei disse que... — Ela parou um pouco e respirou profundamente. — Ah, deixa para lá!

— O que o Ikkei disse? — Murakami mudou o tom, ajustando seus óculos. — O que aquele garoto disse?

Iyo estava sem graça, mas naquele momento tudo o que queria era se livrar da dor.

— Ele disse que eu estava atrapalhando o Katsuma e que ele vai ser o próximo imperador hakai, que nunca vai ficar comigo. — Iyo quase não conseguiu terminar a frase e se pôs a chorar novamente.

— Agora entendi o que está acontecendo. — Murakami tinha o olhar assustador de sempre e logo se recompôs. — Fique tranquila, garota, vou pedir mais um suco para você. Depois, vamos para a mansão resolver as coisas do meu jeito.

Iyo estava com medo do que a doutora faria, mas não se importava mais, só queria eliminar a amargura que a assolava havia tantos dias.

Mieko acordou do cochilo e viu Iyo chorando enquanto abraçava a doutora.

— Ué, gente, o que está acontecendo aqui?

— Não interessa, garota. Estamos de partida — Murakami respondeu, descontando em Mieko a raiva que estava de Ikkei.

Iyo foi tomando seu suco no caminho, ainda abraçada à doutora, que não a soltava. Ao entrar pela porta da mansão, ela beijou novamente a testa da garota.

— Vá para o seu quarto e tome um banho. Já subo, meu anjo.

Katsuma treinava com Yamamoto próximo ao Hexagonal. Sua força era realmente descomunal e a batalha entre ele e o capitão estava num nível realmente superior. Mas nada muito diferente de quinze dias antes, nenhuma evolução acima da média. Murakami aproximou-se, expressando uma fúria tão palpável que fez os dois tremerem.

— Katsuma, venha cá.

Nem o garoto nem o capitão tiveram coragem de perguntar algo. Katsuma apenas foi em direção a ela, com medo do que podia ter acontecido. De repente, Murakami o abraçou. Seus olhos se arregalaram, ele não entendia aquela atitude.

— Fique bem, garoto. — Ela sorriu. — Pode me contar por que você e a Iyo terminaram?

— Bem, se Iyo e eu ficarmos juntos, provavelmente não terei força suficiente para salvar o planeta. — Ele olhava para baixo, encolhido, segurando o braço direito com a mão esquerda. — Por isso decidimos que assim seria melhor.

Murakami sentiu a mesma tristeza profunda que havia pouco presenciara em Iyo.

— Mas de onde você tirou essa ideia absurda?

— O capitão me disse faz duas semanas que... — ele foi interrompido.

— Não precisa dizer mais nada, Katsuma. — Ela o abraçou novamente.

— Vá para seu quarto e tome um banho. Por hoje seu treinamento está encerrado.

Sem entender, o garoto obedeceu à ordem da doutora. Sua melancolia era grande demais para entrar em debates.

Logo após entrar pela cozinha, Murakami virou-se, fitando Yamamoto.

— Venha comigo, capitão. Vamos para o Hexagonal.

Chegando lá, todos estavam em treinamento, mas Murakami exigiu que parassem tudo e se reunissem ali com ela. Prestavam atenção em Murakami Hino, que mantinha a seriedade e os braços cruzados.

— A partir de hoje, ninguém mais interfere no relacionamento de Iyo e Katsuma. — Ela fitou os dois responsáveis pelo término. — Do contrário, terão que se ver comigo.

Ela ajeitou o rabo de cavalo que prendia seus lindos cabelos verdes.

— Ikkei, ordene aos seus empregados que preparem a sala para uma festa o mais rápido possível e impeça a abertura dos quartos de Iyo e Katsuma.

— Eu cuido dos quartos, doutora — Akio se prontificou. — Mas o que está acontecendo?

— Não interessa. Sigam minhas ordens! Não estou aqui para brincadeiras.

Então tudo foi feito. Ikkei deu a ordem. Anúbis ajudou a acelerar a arrumação com seus poderes, e Akio foi até a porta dos dois para garantir que não sairiam.

Quando a festa estava pronta, aproximadamente uma hora e meia depois, Murakami se reuniu com todos os conectados e empregados da casa.

— A partir de agora, ninguém mais entra na mansão, até que tudo esteja resolvido.

— Como assim? O que está acontecendo? — os empregados se questionavam.

— Mas, doutora, e a nossa festa? — perguntou Ikkei.

A doutora encostou o garoto contra a parede, apertando levemente o antebraço em seu pescoço.

— Não tem "nossa festa", garoto. Você é o que menos tem permissão para falar. Apenas saia da mansão e me obedeça.

Diante da cena, ninguém mais questionou. Todos saíram para o jardim.

— Akio, libere a porta dos dois e coloque uma música romântica na mansão.

— Certo, Hino! Deixa comigo! — ele respondeu, piscando, enquanto controlava tudo por um *tablet*.

A sala da mansão havia se tornado uma pista de dança. Luzes coloridas climatizavam o ambiente, combinando com a música que tocava. Petiscos, doces e algumas bebidas estavam espalhados em mesas. Akio enviou uma mensagem de voz pelos alto-falantes para o quarto dos dois:

— A porta está liberada.

Então as duas portas se abriram. Um olhou para o outro, desviando o olhar em seguida, por medo, receio e vergonha. Eles se aproximaram da escada lentamente.

— Boa noite, Iyo.

— Boa noite, Katsuma.

Ainda não haviam se dado conta do que estava acontecendo, até que chegaram à base da escada e contemplaram a festa que os aguardava.

Vendo a silhueta dos dois pela janela, Murakami deu a ordem:

— Agora, Akio!

Então o garoto acionou o sistema de segurança que fechava toda a mansão e a tornava impenetrável. Em seguida, os simuladores nas paredes e no teto passaram a representar o pátio da escola que os dois frequentavam. Seus olhos se encheram de lágrimas.

— Vamos comer algo, Katsuma. — Ela sorriu.

Imediatamente, a nostalgia tomou conta do garoto, e seu amor por ela explodiu. Lembrava-se de todas as vezes que viu Iyo sorrindo para ele. Na escola, na ponte em que conversavam, quando salvou sua vida. Aquele sorriso era capaz de fazer sua mente viajar para vários lugares, quebrando a melancolia em que se encontrava.

— Iyo, você está linda. Digo, você é linda. Não aguento mais ficar longe de você!

Ele correu e a abraçou. Depois, ajoelhou-se, beijando a mão da garota.

— Você aceita dançar comigo?

— Sim, Katsuma.

Então dançaram, divertindo-se bastante com os passos em falso. Depois, comeram alguns doces e se sentaram no sofá.

— Katsuma, quer que eu pegue suco pra gente? — Iyo perguntou, mantendo o sorriso.

Sem que percebesse, Katsuma aproximou-se rapidamente, ficando frente a frente. Seu olhar fixava a boca da garota, enquanto ele dizia o que já castigava seu peito havia muito tempo.

— Eu não sei mais viver sem você.

Então ele a beijou. A música alta pareceu desaparecer. As luzes pareciam estar apagadas. O mundo parecia ter parado para contemplar a única coisa que importava no momento: o amor de Iyo e Katsuma.

Eles nem sequer se deram conta de que estavam sozinhos. Só tinham olhos um para o outro, concentrados apenas um no outro. Agora, a escuridão da depressão se apagava para o fogo do amor voltar a acender. A prova pela qual haviam passado demonstrava o verdadeiro e mais perfeito ato de pureza. Afinal, quem poderia afastar almas gêmeas? Quem seria capaz de separar o inseparável? O amor, mesmo dom que os havia separado, agora unia os dois novamente.

* * *

Enquanto dentro da mansão o clima era de paz, fora dela o capitão Yamamoto sentia uma angústia terrível.

— Acho melhor eu ir para o CET, estou com um mau pressentimento — o capitão sussurrou para Murakami, enquanto olhava a lua minguante que orbitava o Planeta Azul.

— Por que essa decisão agora, capitão? — Dra. Murakami tocou o ombro dele, expressando um olhar de dúvida e tristeza.

— Muito tempo se passou, não evoluímos muito desde a minha chegada. Preciso voltar ao planeta Hakai e reunir forças. — Ele cerrou o punho direito, olhando para o céu, e depois se voltou para Murakami. — Preciso voltar e criar uma resistência. Sozinhos não venceremos o poder que vai se impor a nós — disse isso pensando na pequena e poderosa primeira-general Tyra.

— Mas por que logo agora, capitão? Por que não partir amanhã?

— A lua minguante me traz maus presságios. Estou com calafrios. Algo de ruim está para acontecer.

— Ora, ora, capitão! Não me diga também que você é supersticioso?

— Nada disso, doutora. Após mais de um milênio de vida, aprendi a confiar nos meus instintos, eles me mantiveram vivo até aqui. E muito tempo já se passou, não faz sentido permanecerem tão quietos.

— Capitão. — Hino o abraçou bem forte. — Volte com vida para mim, digo, para nós.

— Pode deixar, Murakami Hino. Não pretendo morrer facilmente. — Ele sorriu.

— Não precisa pegar nada? Qual será seu transporte?

— Minha armadura está neste iorb. — Ele levantou o objeto brilhante, uma tecnologia que a doutora jamais havia presenciado.

Murakami, com o coração apertado, viu o capitão partir.

Os conectados estavam tão ansiosos com o casal dentro da mansão que nem perceberam o capitão se despedindo da doutora bem distante, próximo ao portão.

Agora, Yamamoto seguia para o CET, prestes a vivenciar o seu mais perigoso confronto. Antes de ir, deixou um último recado para a dra. Murakami, escrito em um *tablet*, fazendo-a prometer que o leria somente quando voltasse para dentro da mansão.

O caminho que sigo é complexo e posso não sobreviver. Mas finalmente sinto coragem de fazer o que é certo. Conheci pessoas maravilhosas que estiveram sempre protegendo o meu príncipe. Ainda não entendi que conexão une vocês, mas assumo que vai além de mera amizade. Percebi que vocês estão ligados por algo muito mais forte que isso. Mantenham o treinamento em equipe, talvez seja a única maneira de salvar a vida no Planeta Azul. Agradeço a Ikkei pelo abrigo e a todos pelo carinho e paciência que tiveram comigo. Capitão Yamamoto Kizashi — terminou de ler a doutora, enquanto todos permaneciam atônitos.

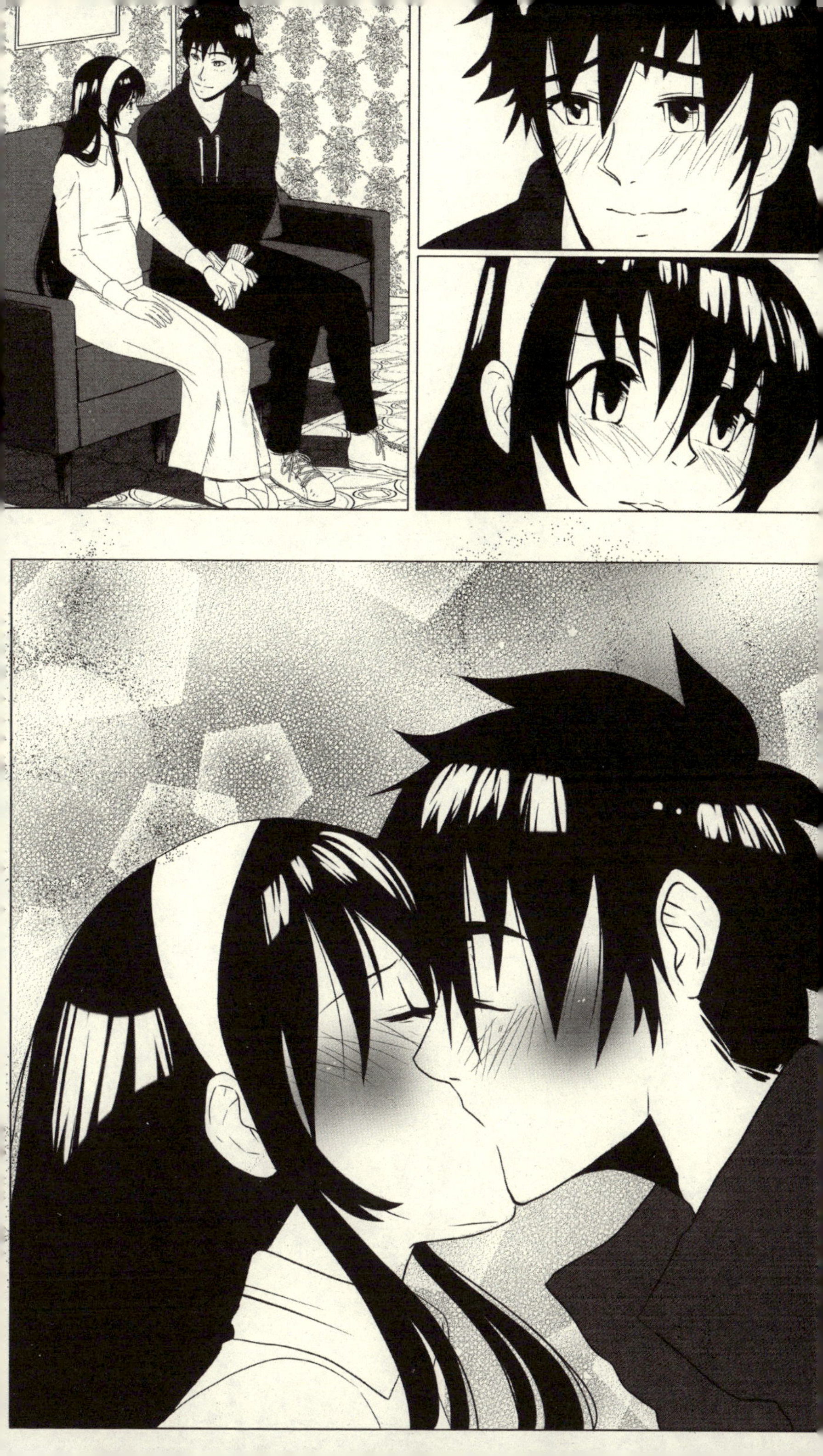

16

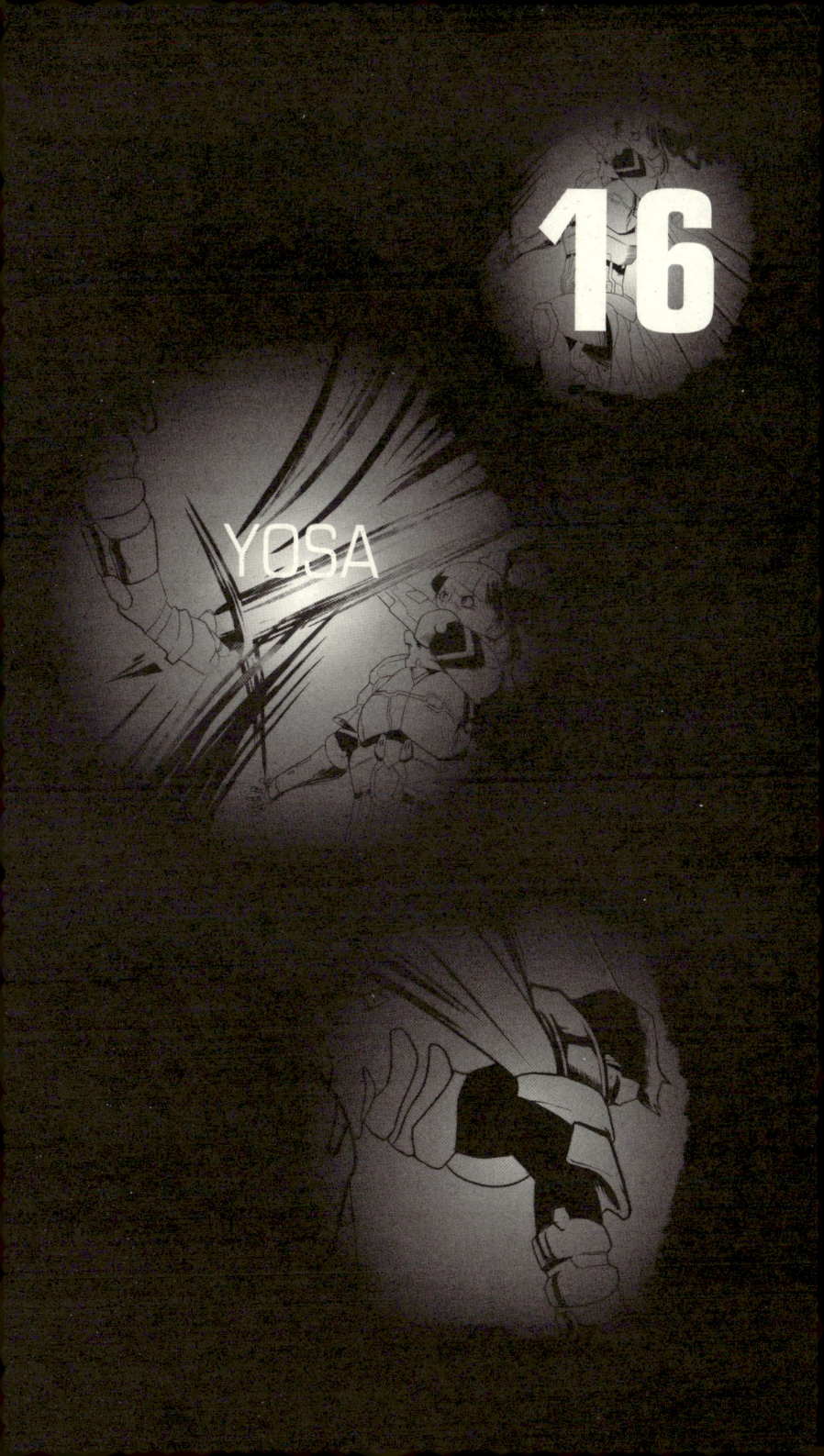

YOSA

A NAVE ONDE ALÍCIA E RIKI VIAJAVAM FINALMENTE CHEGOU AO CET. Como a missão era de alto sigilo, não havia ninguém preparado para a recepção, e a surpresa da chegada foi alarmante. Com grande apreensão, os hakai que ali estavam observaram a abertura da porta dianteira da nave. Eles se olhavam, tentando adivinhar quem teria chegado tão de repente. Trajando sua armadura rosada, Alícia caminhava para fora da nave com toda pompa, arrancando suspiros dos soldados que ali estavam. Ela era seguida pelo alto e robusto general Yukata Riki. Sem olhar para os lados, com soberania, a primeira-general do exército hakai seguia em frente, mantendo sua postura superior. Todos mantinham posição de sentido perante a primeira-general Tyra Alícia.

— Sejam bem-vindos, generais. — Eles foram recepcionados pelo sargento responsável, o mesmo que havia recebido Riki meses antes. — A que devo a honra?

— Sargento — disse suavemente a general Tyra, sem olhar para ele. — Foi-lhe dada ordem para falar?

— Não, senhorita. Peço perdão por... — Antes que terminasse a frase, a garota de baixa estatura apertou o rosto do sargento, espremendo suas bochechas, puxando-o para baixo de modo a ficar cara a cara com ele.

— Se não lhe foi dada a ordem, mantenha-se em silêncio. — Ela o atirou no chão sem fazer qualquer esforço, voltando seu olhar para a frente. — General Yukata, leve-me ao traidor.

— Mas, primeira-general Tyra, antes é preciso avaliar os planos, não concorda? — A voz grave de Riki era assombrosa, mas causava menos medo que a presença dela ao seu lado.

— De que plano preciso para eliminar uma ameaça tão estúpida quanto um capitão falido e alguns humanos? — Ela gargalhava, enquanto menosprezava a raça inferior. — Jamais foi-me entregue missão mais medíocre.

— Primeira-general, peço desculpas, mas vou seguir os protocolos exigidos pelo imperador. Espero que aceite minhas condições. Não quero passar por cima de sua ordem, de forma alguma, inclusive peço desculpas novamente. Mas devo considerar como soberanas as ordens vindas do imperador.

— Riki, Riki. Sempre seguindo os protocolos — disse, dando leves tapas nas costas do companheiro. — Façamos o que dizem as ordens, então. Só tenha em mente uma coisa: quanto mais tempo eu fico aqui, mais o ódio me consome. — Ela o encarou enquanto liberava uma aura tenebrosa de poder assustador. O olhar maligno da general refletia sua sede de vingança, cultivada havia séculos.

Ao longe, observando a cena, soldados e cabos estavam em choque. A beleza da general os deixava hipnotizados, de fato. Por outro lado, seu poder esmagador nauseava qualquer um dos presentes. O verdadeiro contraste entre a pureza visual e o desejo de sangue de sua alma. Então eles seguiram em direção à mesma sala onde o general Riki havia rebaixado o tenente Chiba Kento e o enviado de volta para o planeta Hakai, a sala do diretor. Chegando lá, Riki explicou tudo que havia aprendido sobre a Terra para a general Tyra Alícia, a fim de deixá-la por dentro dos mais simples detalhes. Ela, por sua vez, não ouvia quase nada, mantinha-se focada apenas na missão que lhe havia sido dada: "Eliminar a ameaça". Alícia confiava absurdamente em seus poderes, mas não foi subestimando os inimigos que conseguiu o cargo de primeira-general. Geralmente, estava sempre preparada para qualquer ocasião e nunca subestimava seus oponentes. Mas o caso ali era diferente. Após tantos acontecimentos e tantas memórias expostas, sua sede de vingança a dominava. Olhando pela janela, enquanto o general Riki dava as instruções, a mente de Alícia viajou para a sua infância, quando ainda vivia em Yosa. Foram os momentos mais felizes de sua vida. Apenas paz e paz, todos os dias. Ela mantinha os braços para trás, observando o céu enfeitado por alguns pássaros que voavam ao longe.

Olhando por esse ângulo, o Planeta Azul me lembra Yosa, ela pensou.

Alícia desviou o olhar para as pessoas que caminhavam no jardim e mais lembranças de Yosa se apoderaram de sua mente. Mais do que nunca, seu ódio transbordou. A vontade de matar o capitão Yamamoto aumentava a cada lembrança. O general Riki não parava as explicações. O som de sua voz ficava mais e mais distante, até desaparecer completamente e Alícia se concentrar em apenas duas coisas: as lembranças de Yosa e a futura morte de Yamamoto por suas mãos.

Ao fim do jardim que envolvia o CET, havia um portão largo e alto. Sua tecnologia era avançada para os humanos, mas antiquada para os hakai. Alícia observava as pessoas e os funcionários que entravam e saíam. O pôr do sol teve início, enquanto ela via aparecer no céu, ainda claro, a lua minguante.

Sinto um mau presságio, ela pensou, voltando o olhar para o portão.

Em meio à circulação que já diminuía àquela hora, exceto pelos enfermos que começavam a voltar aos seus aposentos, Alícia viu a entrada de alguém conhecido. Mas era impossível acreditar ser ele de fato.

— General Riki, venha até a janela imediatamente! — ela berrou com toda a sua agressividade. — AQUELE É O IDIOTA DO YAMAMOTO?

Com os olhos arregalados, sem acreditar no que via, ele acenou positivamente com a cabeça. E, antes que pudesse dizer qualquer coisa, a vidraça da sala explodiu com o impacto da garota, que saltou em direção ao capitão sem hesitar.

— TRAIDOR DESPREZÍVEL! — gritou, desferindo um soco no rosto de Yamamoto, antes mesmo que seu corpo tocasse o chão.

A força de seu ataque foi tão assustadora que o capitão foi lançado na grama do jardim, abrindo uma cratera e destruindo em um raio de vinte metros tudo o que estava ao redor. Vários hakai e humanos morreram imediatamente pelo impacto.

— Então a garotinha mimada veio por ordem do imperador? — debochou Yamamoto, limpando o sangue que escorria de sua boca enquanto se colocava de pé no centro da cratera. Mas sua reação externa não era compatível com seus pensamentos:

O que ela faz aqui logo hoje?, um turbilhão disparava dúvidas em sua mente. *Vou morrer*, ele pensou.

— Hoje você vai morrer, capitão falido! — gritou Alícia, que parecia estar lendo a mente de Yamamoto.

Em uma velocidade assustadora, ela infligia ataques a Yamamoto, que se defendia como possível. O impacto dos golpes gerava sons aterrorizantes. Cada ataque parecia uma explosão, que ensurdecia os que estavam na região. O vácuo criado pelos golpes colidindo provocava fortes ventos ao redor dos dois.

O capitão abriu a guarda por um instante e foi golpeado novamente, sendo lançado para longe, destruindo várias árvores que ficavam no jardim do CET. Ao bater na última árvore e cair no chão com fortes dores, ele olhou para cima e viu uma velhinha de pé, com o olhar desesperado. Era Yunet, a mesma que meses antes tinha dado seu carinho ao general Riki. Com dificuldade, Yamamoto colocou-se novamente de pé.

— Espere, Alícia, vamos resolver nossos problemas em outro lugar — disse ele, preocupado com o fim de mais vidas.

A general, por sua vez, o ignorou completamente. Caminhava em sua direção com um olhar sombrio que refletia sua sede de vingança. Ela sacou a espada e o atacou ferozmente. O capitão segurou o ataque com as duas mãos pressionadas à lâmina. A ponta da espada chegou a tocar seu nariz, fazendo escorrer uma leve gota de sangue.

— Até quando seu corpo vai aguentar lutar sem a armadura, capitão falido?! — Alícia debochou, esfregando os dentes, com ódio. — Mas, se estivesse com ela, com certeza não teria desviado de nenhum dos meus ataques e já estaria morto!

Ela seguiu insanamente em direção ao capitão, reiniciando os ataques, cada vez mais velozes.

— Corra para o prédio, senhora! — exclamou Yamamoto para a velha Yunet. — Aqui não é mais seguro! — Seu corpo tremia, demonstrando que ele estava próximo de seu limite.

A senhora Yunet começou a correr, em pânico, quando viu ao longe o general Riki, que foi resgatá-la. Ele a abraçou, sentindo compaixão e amor materno.

— Venha comigo, senhora Yunet. Vou levá-la a um local seguro. — Ele a ergueu em seus braços, pronto para salvá-la da batalha feroz que havia sido travada no lugar.

Nesse momento, Riki viu Yamamoto sendo lançado ao seu lado, atingindo a parede do CET e atravessando todos os cômodos, até chegar ao jardim dos fundos. Várias rachaduras apareceram, condenando o tão glamoroso prédio à destruição. Mesmo sem armadura, era difícil para o capitão estar frente a frente com a primeira-general hakai. Ele ganhou mais velocidade e mais força por não ter seu poder retido, mas ainda assim não era o suficiente. Levantando-se novamente, ele olhou para o céu e percebeu que já havia escurecido. Tirou o iorb do bolso e o ativou, exibindo sua armadura. O capitão pegou somente a espada e foi em direção a Alícia. Ela, por sua vez, observando a cena, jogou sua espada no chão.

— Vamos brincar! — ela gritou, enquanto defendia cada um dos ataques com o antebraço.

A faísca do contato entre a espada de Yamamoto e a armadura de Alícia era como o fogo. Vários golpes seguidos em uma velocidade assustadora eram desferidos, abalando as estruturas das construções ao redor. Pequenos terremotos eram causados a cada impacto.

Yamamoto cravou a própria espada no chão, segurando-a pelo cabo com as duas mãos, reunindo ainda mais forças e estimulando sua conexão com a natureza.

— Vejo que está esgotado, capitão! — Alícia gargalhava enquanto observava tranquilamente a cena. — Espero que me dê um pouco mais de diversão.

Então um forte vento surgiu ao redor de Yamamoto, como um furacão.

— Você sentirá o verdadeiro poder do antigo primeiro-general, Tyra Alícia! — bradou o capitão, partindo com tudo para cima dela.

Sem armadura para conter a explosão dos ataques, seu corpo poderia não suportar a imensa força que agora o inundava. Ele se aproximou para atacar pela frente.

Ele realmente está muito mais rápido, Alícia pensou. *Mas, ainda assim, poderei bloquear seu ataque com tranquilidade.*

Ela preparou uma defesa tão forte que foi capaz de quebrar a lâmina da espada de Yamamoto utilizando apenas as mãos. Alícia olhava para os olhos dele quando, instantaneamente, o capitão sumiu. Antes que ela pudesse se dar conta do que havia acontecido, ele já estava atrás dela e, com um forte golpe, lançou-a ao chão. A força do ataque foi tanta que o tremor finalizou a destruição do CET, que desmoronou por completo. A essa altura, muitos pacientes e funcionários já haviam evacuado o local. Até mesmo os hakai precisaram fugir.

Caída no chão, Alícia sentiu novamente a dor, algo que já não ocorria havia séculos. Naquele momento, lembranças do antigo planeta Yosa dominaram sua mente. Enquanto observava Yamamoto se aproximando, o horror daquele dia voltava como uma metralhadora de sentimentos ruins, despertando o gatilho de um terror adormecido. Ela novamente se sentia frágil e indefesa, como naquele dia cruel.

O capitão pegou a espada rosada de Alícia e a ergueu sobre a garota.

— Quer dizer suas últimas palavras?

Ela o encarou com lágrimas nos olhos. Era como um animal fraco sendo oprimido por um carnívoro selvagem.

— Não me machuque — disse com um nó na garganta, e a mão direita agora tapando o rosto.

— Está tentando me enganar, Alícia? Não vai conseguir, este será o seu fim! — Levando a espada em direção a ela, o capitão parecia convicto de sua decisão. Mas, antes de tocá-la com a lâmina, viu que a general se encolheu em pânico, tremendo. Diante da cena, o capitão hesitou.

— Por favor, não machuque minha família — ela repetia. — Deixe meu irmão vivo, deixe meu irmão vivo!

O capitão deixou a espada cair no chão, confuso. Logo depois, aproximou-se lentamente dela.

— Alícia, o que está acontecendo? — Ele a segurava nos braços.

Ela olhava para a destruição ao redor, que sua mente confundia com a destruição em Yosa.

— Por que vocês precisam destruir Yosa, por quê?! — Ela gritou aos prantos.

Imediatamente, o capitão se lembrou dos acontecimentos. Os dois irmãos levados para o planeta Hakai, o poder latente que habitava aquela raça. Agora tudo fazia sentido. Por isso aquela garota tinha tanto poder e por isso estava em pânico. Ele a levantou pelo queixo, fixando a visão em seus olhos azuis.

— Venha, Alícia, não vou lhe fazer mal. — Então Yamamoto se levantou e lhe estendeu a mão, mas ela não foi em sua direção. Ainda em alucinações, viu o general Riki, que se aproximava carregando a velha Yunet em seus braços.

Ele pensou que Alícia estivesse sendo derrotada por Yamamoto, mas não podia interferir, afinal aquele confronto era uma ordem direta do imperador. Yamamoto, por sua vez, vendo a cena, temeu a presença de Riki, preparando-se para lutar. Mas, antes que ele pudesse se movimentar, a general Tyra correu em direção ao poderoso hakai, que se aproximava.

— Solte minha mãe, hakai imundo — ela gritou, correndo em direção ao general Yukata Riki.

Sem entender o que estava acontecendo, mas percebendo o ataque que se aproximava, Yukata lançou Yunet para longe, a fim de protegê-la. Todos esses movimentos foram em milésimos de segundo. Enquanto a senhora Yunet ainda estava no ar, Alícia desferiu um soco no peito do general, que nem sequer conseguiu perceber como havia sido atingido. O golpe foi tão carregado de emoções que Alícia despedaçou toda a armadura dele. Os pedaços espalharam-se com a mesma potência e velocidade com que fora atingido. Olhando para Yunet, que ainda estava no ar, o general Riki via os fragmentos de sua armadura atingindo-a como balas de revólver. Ele queria fazer algo, mas o impacto do soco o lançava para longe, enquanto via a humana que aprendera a amar morrendo na sua frente.

— Eu odeio os hakai! — gritou Alícia, explodindo sua fúria. Então desferiu mais um golpe, mas dessa vez já não havia mais armadura.

Yukata nem havia tocado o chão ainda quando ela se colocou atrás dele. Com um chute de cima para baixo, a primeira-general o esmagou no chão.

Alícia chorava, completamente descontrolada. Enquanto a velha Yunet caía morta na grama, a general Tyra, de joelhos, puxava os próprios cabelos. Ela gritava, expressando a mais intensa das dores. Seus gritos de angústia ecoavam por toda a cidade. Sua mente desnorteada chegava ao limite. Olhando para suas mãos, ela via sangue hakai, mas não estava aliviada. Sua visão ficou embaçada e ela desabou sobre a grama. Seu corpo tremia, como se estivesse prestes a convulsionar.

— Por que está tão frio? — ela murmurou, enquanto suas forças se esvaíam e sua mente se desligava. Então, desmaiou.

Yamamoto sentiu compaixão por ela. Caminhando na direção de Alícia, lágrimas escorriam pelo seu rosto.

— Se eu tivesse lutado, se eu tivesse feito mais! Me desculpe, garota! A partir de hoje, serei seu protetor. — Ele a levantou nos braços, caminhando lentamente.

Yamamoto abaixou-se próximo ao general Riki e tocou seu pulso, percebendo que não havia mais pulsação. Ao longe, a velha Yunet estava banhada em sangue.

— Quanta devastação — ele murmurou, observando toda a destruição ao seu redor.

De repente, ouviu gritos que vinham de toda a cidade. Atordoado e cansado, o capitão Yamamoto olhou para o céu. Então pôde contemplar milhares de naves militares da força hakai. No centro delas, a maior e única, a nave imperial. Uma luz vinda da nave se fixou sobre ele e um holograma do imperador se formou ao seu lado.

— Olá, traidor, vejo que tem Alícia em suas mãos.

— Você sabia? Você sabia disso, seu monstro?! — Yamamoto chorava, com sede de justiça. Em sua mente, o imperador teria conhecimento de que Alícia era de Yosa.

O imperador ficou confuso com a pergunta, mas imaginou que ele falava do plano de colocar Alícia como uma traidora. Ele não sabia que ela nem seu irmão eram de Yosa.

— Hoje vocês morrerão aqui — disse o imperador, ignorando as dúvidas em relação ao ex-capitão.

Então seu holograma foi crescendo, atingindo a altura de cinquenta metros. Os alto-falantes conectados em todas as naves espalhavam a voz poderosa do imperador.

— Vejam todos! O ex-capitão Yamamoto está aliado à ex--general Alícia. Os dois mataram nosso tão valioso general Sebastian Vidar e agora eliminaram o general Yukata Riki! Não vejo outra punição senão a morte!

Então os compartimentos das naves se abriram. Em cada uma delas havia pelo menos cinco membros da força hakai, totalizando mais de cinquenta mil membros do exército. Com as naves ainda no céu, os soldados se posicionaram para o ataque, desembainhado sua espada.

Enquanto a cena de poder hakai era exposta, Yamamoto pegou alguns comprimidos de regeneração e os colocou debaixo da língua de Alícia. Ela abriu parcialmente os olhos e, com a visão ainda embaçada, contemplou toda a cena, mas sem reação.

— Fique aqui, Alícia — disse Yamamoto, colocando-a no chão.

— Eu cuidarei de tudo.

Então algumas centenas dos mais de cinquenta mil soldados saltaram em sua direção. Eram aproximadamente quatrocentos. Esticando o braço direito, Yamamoto empunhou novamente a espada de Alícia e, olhando para o céu, bradou em voz alta:

— "Há três luas que iluminam a nossa grandeza na escuridão, mas não se vangloriem delas, pois suas rochas e cores refletem também a nossa fraqueza."

Após exclamar esse poderoso texto do conto hakai contado por sua avó, ele percebeu que os membros do exército não se aproximaram mais, era como se estivessem congelados no ar. Eles tentavam sair do lugar, mas continuavam parados, flutuando. Não podiam se mexer. Então uma forte luz atravessou todos eles, fazendo com que caíssem mortos instantaneamente. Ao olhar para o lado, Yamamoto viu Anúbis se aproximando. Ele limpava o sangue que escorria de seu nariz. Ao seu lado, a dra. Murakami, ambos com a conexão ativada. Atrás deles, todos os outros conectados se aproximavam.

— Não pensou que nós o deixaríamos morrer aqui sozinho, não é? — perguntou Murakami.

O último a aparecer, atrás de todos os conectados, era o príncipe Absalon, ou melhor, Ozaki Katsuma. Todos tinham o olhar sério e intimidador e demonstravam estar preparados para a intensa batalha que estava por vir.

— Doutora, já derrotamos algumas centenas, mas olhando para o céu percebo que ainda teremos dezenas de milhares pela frente — disse Anúbis a Murakami, com os olhos arregalados, em pânico.

— Paciência, garoto, paciência. — Ainda caminhando em direção a Yamamoto, ela tirou o jaleco e o atirou para longe. — Vamos dar um passo de cada vez, um passo de cada vez.

A batalha final estava próxima!

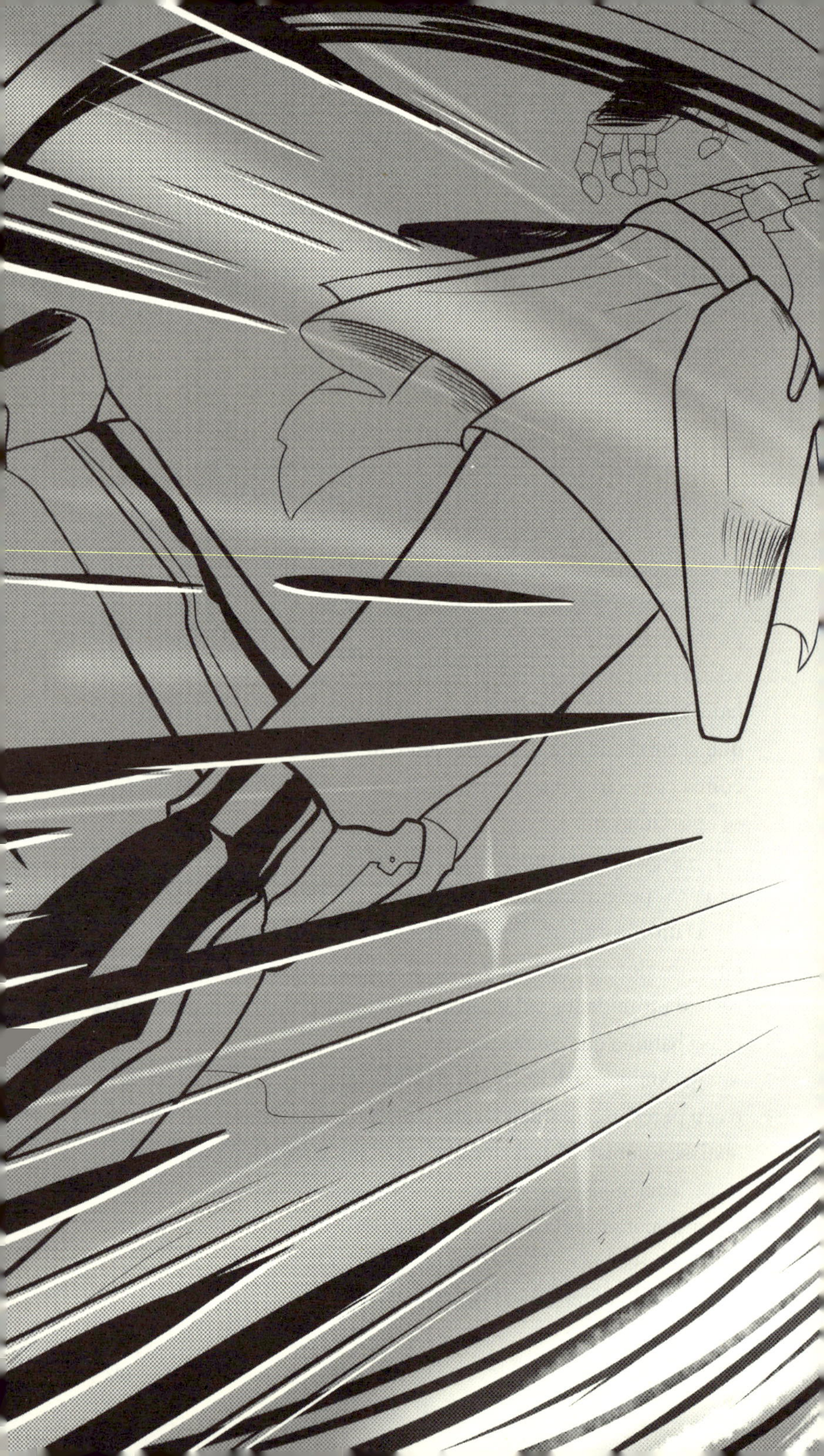

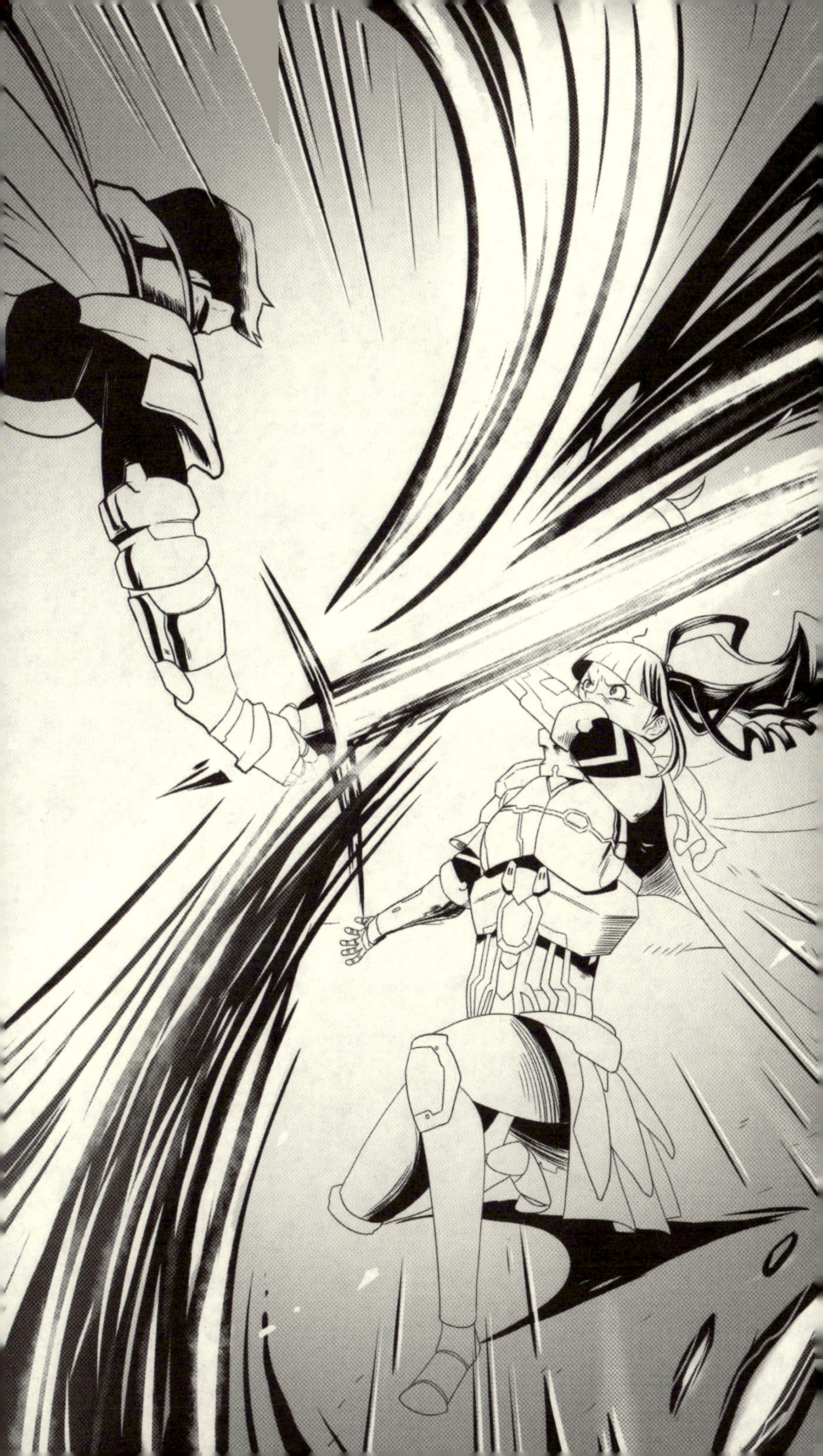

17

SORRISO

— Doutora?! — questionou Yamamoto, incrédulo e assustado com a cena que via.

Ele mal conseguia falar; em sua voz era notável a fraqueza de seu corpo. Murakami foi a primeira a chegar perto dele. Ela viu a situação do capitão e percebeu a garota em alucinações ao seu lado.

— Kizashi, quem é essa garota? O que está acontecendo?

— Não tenho tempo para explicar agora, Hino, precisamos ajudá-la — Yamamoto respondeu, enquanto tentava carregar Alícia em seus braços.

— Vamos ajudá-lo, Kizashi — Murakami o confortou. — Vá com a garota para um local seguro, vou pedir a Akio para acompanhá-lo. — Ela se voltou para trás, percebendo que todos os conectados já se aproximavam. — Akio e Mieko, levem o capitão para um local seguro e tenham cuidado!

— Sim, doutora. Pode contar conosco — Akio respondeu, realizando sua conexão rapidamente. Sua mudança de forma causou espanto aos hakai que viam a cena de cima.

— Vamos lá! — Mieko também fez a conexão.

— Esperem! — gritou Katsuma. — Capitão, o senhor está bem?

— Absalon, não estou em condições de lutar no momento. Mas creio que bastará um pouco de descanso para me juntar a vocês. — Ele olhou para Alícia, em alucinações, e voltou o olhar para o príncipe. — Temos uma grande força próxima a nós, e creio que essa força será a chave para a derrota ou a vitória. — Ele claramente se referia a Alícia.

— Vamos para um local seguro — disse Akio, colocando Alícia sobre seu ombro esquerdo e carregando Yamamoto com o outro braço. — Até mais, Katsuma! Assim que eu tiver certeza da segurança deles, volto para estarmos juntos na batalha!

Enquanto conversavam, uma lança se aproximava da cabeça de Akio, sem que ele percebesse.

— Cuidado! — gritou Mieko, em desespero.

De repente, a lança explodiu em vários pedaços. Era Ikkei com suas manoplas golpeando a arma, que ficou completamente destruída. Ele saltou sobre o gigante Akio e aterrissou na frente de Mieko, ficando cara a cara com a garota. Seus olhos verdes foram ao encontro dos da garota, que suspirou.

— Você está bem, Mieko? — ele disse, sorrindo.

— Sim, sim. Obrigada, Ikkei — ela respondeu, tímida.

Próximos à cena, Katsuma, Akio e Iyo ficaram enojados.

— É sério que o Ikkei está sorrindo? — Iyo questionou.

— Isso é tão estranho — resmungou Katsuma.

Então dezenas de lanças começaram a chover sobre eles.

— Chega de conversa! Akio e Mieko, corram! — Murakami alertou, emitindo a ordem. — Anúbis, agora!

Enquanto Akio e Mieko corriam com Alícia e Yamamoto, eles olharam para cima e perceberam que a chuva de lanças havia cessado. Anúbis esticava as duas mãos para cima, com o rosto franzido, demonstrando o esforço realizado.

— Doutora — ele disse com dificuldade. — Não vou aguentar muito tempo.

— Certo, Anúbis! Ikkei, Iyo, Katsuma, agora é a nossa vez!

— Vamos! — responderam em uníssono.

Os raios de Katsuma, as flechas de Iyo e os golpes poderosos de Ikkei destruíram as lanças com facilidade. Anúbis caiu sentado no chão, tentando recuperar o fôlego, quando mais algumas centenas de hakai saltaram sobre eles.

— Agrupar! — ordenou Murakami. — Lembram-se dos nossos treinamentos no Hexagonal? Agora é pra valer, vamos com tudo pra cima deles!

Ao redor dos conectados, havia soldados, cabos e sargentos do exército hakai. Eram mais de quatrocentos homens avançando sobre eles. Murakami estava à esquerda, com Anúbis ao seu lado, visivelmente cansado. À direita, Iyo, Ikkei e Katsuma se preparavam para o combate.

— Vamos fazer a conexão perfeita! — gritou Ikkei intensamente, pronto para dar tudo de si.

— Vamos nessa! — respondeu Iyo, realizando a conexão perfeita. — Vem comigo, Katsuma? — Ela estendeu a mão para o garoto, enquanto seus cabelos vermelhos flutuavam graças à intensidade de seu poder.

— Agora é a hora! Vamos juntos, Iyo! — Com um grito explosivo, Katsuma fez a sua conexão.

Os três, agora, estavam no ápice de suas conexões. Iyo emitia uma forte luz vermelha pelos olhos e lançava suas poderosas flechas negras, eliminando as ameaças. Ikkei, usando sua armadura dourada, atacava com brutalidade, enquanto seus cabelos, também dourados, dançavam no ar. Katsuma, com sua espada de eletricidade, atingia vários alvos, flutuando em meio aos poderosos raios que o rodeavam.

— Fique aqui descansando, Anúbis. Vamos precisar de você mais tarde, deixe que eu cuido deste lado da batalha — disse Murakami, com olhar agressivo, ajustando os óculos sobre o rosto.

Então sua caneta brilhou intensamente, formando uma lança gigantesca, com mais de vinte metros. Murakami concentrou-se até a lança se compactar em dois metros de comprimento.

— Não seria melhor a lança estar gigante, doutora? — questionou Anúbis.

— Assim o meu poder ficará concentrado, Anúbis. Veja e aprenda!

Ela atacou os cerca de duzentos hakai como em uma dança. Aparecia de um lado e eliminava um oponente; antes que pudessem vê-la, já estava em outro local atacando outro hakai. Sua velocidade e seus poderes incríveis faziam jus à sua reputação. Sua maestria com as artes marciais e a esgrima eram belas e mortais. Antes que Anúbis pudesse processar em sua mente o que estava acontecendo, mais de cinquenta hakai já haviam sido eliminados. Um espetáculo de batalha. Ao virar os olhos para o outro lado, viu os conectados explodindo em poder. Nuvens negras cobriram o ambiente. Raios poderosos se conectavam à espada de Katsuma, que sozinho era capaz de eliminar mais de dez hakai com apenas um ataque. Ikkei saltava entre eles com sua armadura dourada, desferindo poderosos golpes que desfaziam a formação de ataque, atingindo sempre alvos múltiplos. Enquanto os hakai precisavam dar atenção aos dois rapazes, Iyo atirava dezenas de flechas em alta velocidade, dizimando os oponentes. Em alguns minutos, todos os hakai que desceram haviam sido abatidos.

Da nave imperial, o imperador sorriu, sem parecer se importar com as baixas.

— Tudo segue como planejamos, Zenchi.

— Sim, meu senhor — o sábio respondeu ao imperador. — Agora sabemos do que esses humanos são capazes. Parece que enviar grupos pequenos de baixa patente não será suficiente.

— Então o que estamos esperando? — perguntou o imperador, ansioso pela matança. — Por que não mostramos logo a que viemos?

— Perdemos Alícia de vista, nobre imperador. Se ela aparecer, precisaremos dos mais poderosos homens para enfrentá-la. Por isso estou evitando desgastá-los por agora.

— ALÍCIA SUMIU?! — O imperador cerrou os punhos, demonstrando em seu olhar o mais puro ódio. — Então vamos explodir tudo até que ela apareça!

— Certo, imperador — continuou Zenchi. — Vou ordenar que preparem as armas. Enquanto isso, enviaremos mil homens para que esses humanos fiquem ocupados.

— Faça isso, Zenchi. Faça logo! — Ansioso como sempre, o imperador sentou-se em seu trono na nave, com a mão direita no queixo.

Enquanto a batalha seguia intensa na região do CET, que agora nada mais era do que destruição, Akio, Mieko, Yamamoto e Alícia estavam a alguns quilômetros do campo de batalha. Graças à estatura e força de Akio, ele podia correr a uma grande velocidade. Eles se abrigaram em um galpão que já havia sido abandonado àquela altura dos acontecimentos. Todos os moradores e trabalhadores da região estavam fugindo, procurando se proteger em naves alienígenas que apareceram. Emissoras de TV transmitiam a distância os acontecimentos. Todos estavam assustados, sem entender o que estava ocorrendo. O choque era enorme e isso levou vários humanos ao desespero.

— Quem é essa garota? — perguntou Akio.

— Ela é a primeira-general, líder dos exércitos hakai — respondeu Yamamoto, sentado no chão, com a cabeça de Alícia em seu colo.

— Então por que nós a estamos salvando? — questionou Mieko, atordoada com a resposta de Yamamoto. — Ela é nossa inimiga!

— Não tenho tempo para explicar agora, mas precisamos ajudá-la. É o que Straik Lavalont faria nesse momento, então é o que eu vou fazer.

Yamamoto pegou alguns comprimidos que trazia consigo e os colocou na boca de Alícia. Akio e Mieko se entreolhavam, aguardando o resultado. De repente, Alícia despertou do transe e se percebeu deitada no colo de Yamamoto.

— Como ousa, capitão falido! Não toque em mim! — Ela o golpeou, lançando-o para longe. — Não sei o que aconteceu, mas prepare-se para o seu fim.

Yamamoto sorriu e abriu os braços, bradando em alta voz:

— YOSA NÃO DEVERIA TER SIDO DESTRUÍDA! A GRANDE BALANÇA JÁ ALCANÇOU O SEU EQUILÍBRIO HÁ SÉCULOS, É TUDO UMA GRANDE FARSA!

Alícia arregalou os olhos e hesitou em seu ataque.

— Por que está me contando essa mentira?! — Ela avançou sobre ele, com lágrimas escorrendo de seus olhos.

Enquanto isso, Yamamoto tentava desviar dos golpes da primeira-general, repetindo as palavras:

— Yosa não deveria ter sido destruída... Yosa não deveria ter sido destruída — ele repetia e repetia, sem cessar.

— E quem disse que eu me importo com Yosa? Sou a primeira-general hakai! Eu sou o símbolo do poder dos hakai! — Mas dizer que não se importava era uma grande mentira, e ela caiu de joelhos, chorando. — Eu sou a primeira-general Tyra Alícia — disse soluçando.

— Tyra Alícia, eu estava lá, eu vi tudo acontecer — ele repetiu. — Yosa não deveria ter sido destruída!

Ela, aos prantos, não conseguia acreditar que toda a sua raça havia sido exterminada sem necessidade.

— ENTÃO POR QUE TANTA DOR? POR QUE FIZERAM ISSO? — gritou enquanto chorava.

Yamamoto abraçou-a.

— Não consigo te explicar toda a história agora. Mas o fato é que o atual imperador armou um golpe, e a destruição de sua raça era o centro desse plano.

Ela olhou por cima do ombro de Yamamoto e, por alguns instantes, teve uma breve visão de Yosa, o paraíso destruído. A visão deu a ela um pouco de paz. Alícia enxugou as lágrimas e voltou à sua postura inabalável.

— Por que devo confiar em você? — Alícia segurou o capitão pelo pescoço, puxando-o para baixo, na sua altura.

— Não precisa acreditar em mim. Vá lá fora, você verá a nave imperial e as tropas que deveria comandar. Elas vieram não apenas para exterminar a vida no Planeta Azul mas também a primeira-general, que é considerada uma traidora.

Ela não acreditou nas palavras que acabara de ouvir.

Por que traidora?, ela pensou. *Estou aqui em uma missão secreta, dada pelo próprio imperador.*

Então ela tomou uma decisão.

— Vou averiguar com meus próprios olhos, Yamamoto. Caso esteja blefando, é bom que se prepare. Eu vou pessoalmente exterminar toda a vida aqui!

Ela saiu do galpão e avistou a batalha ao longe. Rapidamente, dirigiu-se ao local, em altíssima velocidade. Os alarmes das naves hakai começaram a apitar, indicando o perigo iminente.

— É ela! — empolgou-se o imperador. — Envie todas as tropas para eliminá-la agora!

Então a ordem foi dada por Zenchi e todas as naves se abriram. Os mais poderosos tenentes e capitães estavam ali, ao lado de todos os outros membros da tropa hakai. Os mais de cinquenta mil soldados estavam prontos para enfrentá-la. Mais rápido do que podiam prever, ela chegou com todo seu poder, aterrissando próximo aos conectados, que batalhavam com alguns hakai de baixa patente. O impacto de sua chegada lançou todos para longe, conectados e hakai. Nenhum deles suportou tamanha monstruosidade. Ela olhou para cima e percebeu que todo o exército a fitava, e claramente não eram olhares amigáveis.

— Não é ela que estava com Yamamoto? — questionou Katsuma.

— Verdade, é aquela garotinha — respondeu Ikkei.

— Que poder ela tem capaz de derrubar todos nós apenas com uma aterrissagem? — Murakami estava tremendamente assustada.

Ignorando todos à sua volta, Alícia saltou em direção à nave imperial, pronta para questionar o imperador sobre os acontecimentos, mas foi interrompida pelo ataque dos mais de mil capitães que saltaram sobre ela. Desviando dos ataques, aterrissou novamente em terra firme.

— Por que estão me atacando?! — ela questionou, como se intimasse os seus inferiores. — Afastem-se de sua primeira-general!

— Não se faça de sonsa, ex-primeira-general, sua traidora! — Um capitão a atacou.

Ela não entendia o porquê daquelas palavras, mas compreendia que Yamamoto estava correto. Alguém havia forjado algo contra ela assim como fizeram na época da destruição de Yosa. Antes que ela pudesse se dar ao luxo de pensar melhor, aproximadamente três mil tenentes saltaram, juntando-se aos mil capitães. Então novamente um enorme holograma do imperador se formou.

— Chega de mentiras, Tyra! Já sabemos toda a verdade, sua traidora!

As palavras do imperador soaram aos ouvidos da menina trazendo o alívio que ela buscava. No fundo, ela queria acreditar em todas as palavras de Yamamoto e agora era mais fácil crer nele. Ela não precisaria mais fingir ser uma hakai. Não precisaria mais fingir ser parte da raça que ela mais odiava.

Enquanto Yamamoto voltava ao campo de batalha com Mieko e Akio, Alícia olhava para cima, agradecendo por estar livre pela primeira vez depois de tantos séculos.

Não sou mais uma escrava, ela pensou. Então uma brisa leve passou por ela, balançando seus cabelos loiros e limpando de seu rosto as últimas lágrimas, que agora eram de alegria.

Alícia sorriu. E esse sorriso se transformou em gargalhadas, daquelas que só ela sabia dar. Depois de gargalhar, ela voltou à sua seriedade de batalha. Então olhou para os capitães e tenentes à sua frente. Fitou os mais de quatro mil homens e, tranquilamente, colocou-se em posição de ataque.

— Morram — ela disse com serenidade, atacando os inimigos.

Eles eram dizimados por ela quase sem tempo de resposta. Um a um, ela os atacava, eliminando as ameaças.

— Não é possível! — berrou o imperador, indignado, arregalando os olhos para o sábio Zenchi, que estava ao seu lado.

Então ele mesmo tomou o comando de Zenchi e deu a ordem para que todos os homens atacassem Alícia. Que esvaziassem as naves, a fim de eliminar a ex-primeira-general Tyra Alícia. Naquele momento, todos saltaram.

Mais de cinquenta mil membros do exército hakai escureciam o céu por sua enorme quantidade. Alícia, vendo a movimentação sobre si, em vez de fugir, foi em direção a eles na velocidade do som. Em poucos segundos, mais de mil soldados caíram mortos. Ela se posicionou em um alto edifício da região e tirou sua armadura. Então gritou, liberando todo o seu poder. Sua pressão destruiu completamente o prédio sobre seus pés quando ela fez um impulso para atacar a multidão hakai que estava contra ela.

Com um sorriso no rosto, Alícia atacava aqueles que um dia exterminaram seu planeta.

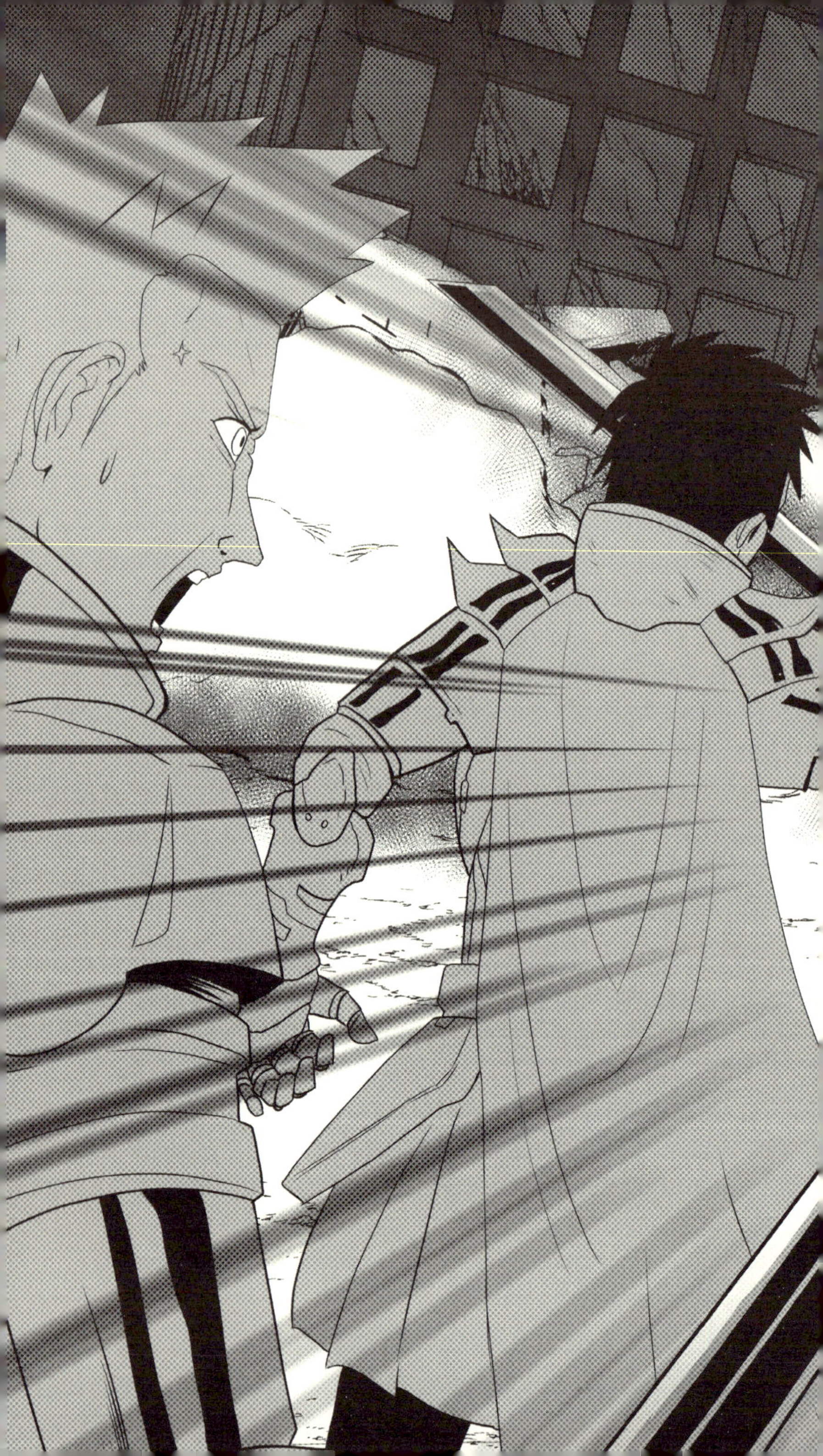

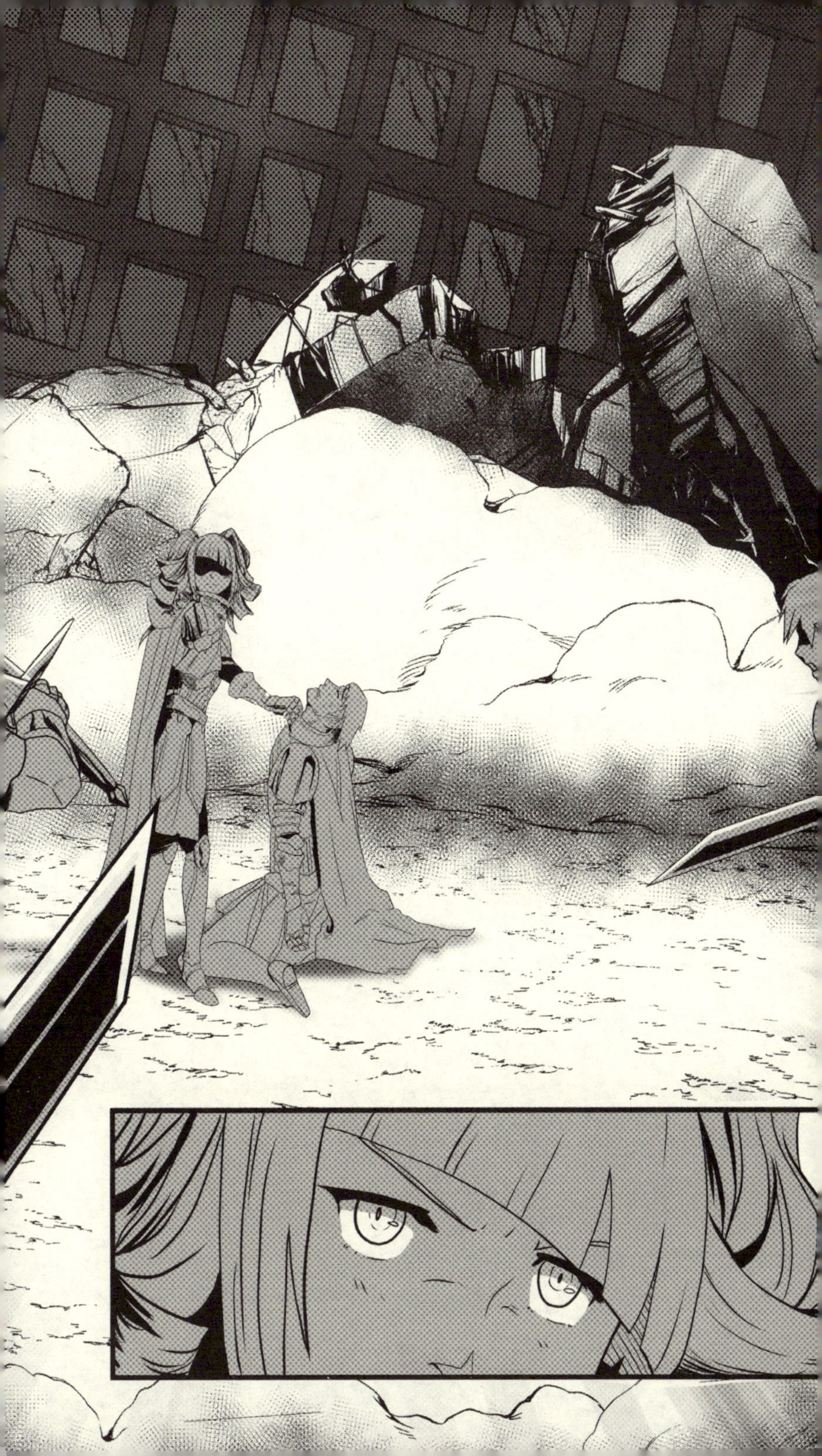

18

IMPOSSÍVEL

— Pessoal, venham aqui! — Yamamoto reuniu os conectados, aproveitando que a atenção não estava mais sobre eles. — Estão vendo a maior nave, bem no centro? — Todos olharam para cima. — Lá está o imperador que usurpou o trono de Straik Lavalont.

Katsuma foi dominado por um sentimento de vingança, como se Absalon assumisse o comando de suas emoções. Ele começou a tremer e suar frio. Uma mistura de ódio e medo.

— Então foi ele quem tirou a vida do meu verdadeiro pai? — Katsuma olhou para a nave, sem conter sua fúria. Seus olhos brilhavam, emitindo ondas de eletricidade. — Chegou o dia do julgamento!

As nuvens, que já estavam enfurecidas, ficaram ainda mais agitadas. Os raios conectavam-se ao garoto emanando uma grande onda de poder ao seu redor.

— Vocês estão comigo?! — Katsuma perguntou aos amigos.

— Conte comigo! — respondeu Akio.

— Sempre estarei ao seu lado! — disse Iyo, segurando seu arco, guiada pela adrenalina.

Ikkei acenou com a cabeça positivamente, apoiando o amigo.

— Como eu já disse, não é mais um treinamento no Hexagonal. — Murakami tomou a frente. — Agora vamos com tudo! Anúbis, consegue trazer a nave para baixo?

— Eu posso tentar, doutora, mas temo ser o meu limite.

— Faça isso e deixe o resto com a gente — Murakami terminou o comando, olhando para Yamamoto, que parecia estar parcialmente recuperado.

Ele percebeu os olhos amarelados de Murakami em sua direção, então desviou o olhar para trás, onde a batalha continuava.

Alícia devastava a multidão hakai como se fosse um leão em um rebanho de cinquenta mil ovelhas. Não podiam conter o enorme poder da garotinha de um metro e trinta e cinco centímetros de altura. Sem a armadura, sua força superava a de qualquer ser vivo que Yamamoto tivesse presenciado em sua existência. Com apenas um soco, a pressão do ataque jogava para trás centenas de hakai; com um chute, milhares eram atingidos. A cada ataque, a face e os cabelos de Alícia se cobriam mais e mais com o sangue dos inimigos.

— A face da morte — sussurrou Yamamoto, voltando o olhar para Murakami, com um semblante triste.

— O que disse, Kizashi? — ela questionou, abraçando o companheiro.

— Hino, não poderei seguir com vocês para a nave, preciso ficar aqui cuidando da retaguarda.

— Kizashi, cuide-se! — Ela deu um beijo na testa do capitão e depois o abraçou com força. Em meio a lágrimas, ela sorriu. — Se você não voltar para mim, nunca vou perdoá-lo!

— Tudo bem, Hino — ele respondeu à súplica da amiga. — Vou cumprir minha promessa. Conto com a proteção de vocês para Absalon — ele disse, partindo em seguida para o outro lado, em direção à garota e aos membros do exército hakai.

— A nave já está se movendo! — berrou Mieko, animada com as habilidades de Anúbis. — Você é realmente incrível, Anúbis! — disse, saltando, com as mãos sobre o rosto.

— Eu poderia alcançar a nave sem a ajuda dele — Ikkei disse, enciumado, com os braços cruzados.

O esforço de Anúbis era desenhado nas expressões de sua face. A gigantesca nave imperial exigia mais do que ele era capaz de suportar. O sangue escorria não apenas de suas narinas mas também de seus olhos e ouvidos. Dentro da nave, Zenchi se esforçava em vão para manter a altitude. Então o imperador se levantou.

— Pelo visto, querem me ver em ação. Vou dar a eles um gostinho desse prazer. — Seu olhar maligno fitava os garotos logo abaixo.

Vagarosamente, a nave atingiu uma altitude de dez metros, mas, antes que os conectados pudessem tomar a frente dos ataques, Akio foi arremessado para longe, atingindo uma árvore que estava a mais de trinta metros de distância. Todos olharam para trás sem entender de onde viera o ataque. Então, antes que a mente deles pudesse processar o acontecido, ouviram o murmurar de Anúbis. Voltando os olhos em direção ao companheiro, avistaram um ser alto, robusto, de cabelos brancos e longos.

— Então são esses os seres fracos que foram capazes de derrotar tantos do meu exército? — Com sua voz grave, o imperador hakai surgia no campo de batalha. Ele erguia Anúbis pelo pescoço com extrema facilidade.

— Solte Anúbis! — gritou Murakami, avançando sobre o imperador.

— Vocês são vermes! — O imperador lançou Anúbis, já desacordado, sobre Murakami.

A doutora parou a investida imediatamente, segurando o garoto em seus braços, sendo lançada para trás.

— Anúbis! Anúbis! — Lágrimas escorriam pelo rosto dela, enquanto olhava para o garoto, de quem havia cuidado como um filho, mesmo que por pouco tempo. — Seu monstro! — ela gritou em direção ao imperador, que sorriu cheio de sarcasmo.

— Ora, ora. Mas não foram vocês que trouxeram minha nave para baixo? — Ele gargalhou. — Pensei em dar um "oi". Achei que gostariam de brincar um pouco. — Rapidamente, ele se colocou de pé, diante de Murakami, que estava ajoelhada, carregando Anúbis.

Então estendeu sua mão enorme, agarrando a cabeça dela e elevando-a acima de sua altura. Seus dedos pressionavam o crânio da doutora, fazendo escorrer sangue pelos cabelos verdes de Murakami.

— TIRE AS MÃOS DELA! — gritou Katsuma, em fúria.

— Não faça nada agora, garoto. Senão seus raios poderão ferir a doutora. Deixa com a gente! Certo, Iyo? — Ikkei assumiu o controle da situação.

— Vejo que um de vocês possui vestimenta hakai. — Ainda sarcástico, o imperador notou a arma de Ikkei. — Onde conseguiram nossa tecnologia, seus imundos?!

Enquanto debochava dos conectados, oito flechas de Iyo eram lançadas em sua direção. Então ele soltou Murakami e segurou as flechas, uma por uma, com as mãos. Com os olhos arregalados, Iyo não acreditava no que via.

— Ele parou minhas flechas com a conexão perfeita! — disse ela, trêmula.

Por trás do imperador, sem que ninguém percebesse, estava Mieko, com sua espada completamente dourada, tentando um ataque surpresa. Mas a conexão do imperador com a natureza à sua volta o deixava extrair o máximo de movimentação de seus alvos. Sem se virar para trás, ele segurou a espada com a mão esquerda e lançou a garota para longe.

— Vocês estão pensando que me derrotar é fácil assim? — Ele ficou em posição de ataque. — Vou mostrar a vocês o que é poder de verdade!

Então o imperador caminhou lentamente em direção a eles, estralando o pescoço e os ombros.

— Venham todos de uma vez! VENHAM LOGO, VERMES!

A essa altura, Murakami levava Anúbis para longe do confronto. Então Mieko, Ikkei, Katsuma e Iyo seguiram com tudo para o ataque. Mieko e Ikkei partiram com força total, acertando o imperador, mas sem lhe causar dano algum.

— Afastem-se — gritou Katsuma, saltando em direção ao imperador com sua espada de eletricidade. Ele o atingiu, causando uma grande explosão, que lançou os conectados para longe. — Inclusive o próprio Katsuma, que caiu sentado.

Quando a luz se dissipou, puderam observar que o imperador não estava mais lá. E, antes mesmo de se darem conta, ele segurou um dos braços de Katsuma, erguendo o garoto.

— Você realmente pensou que seu ataque fraco poderia me ferir? Então deixe eu te contar um segredo. — Ele se aproximou do ouvido de Katsuma e sussurrou: — Hoje todos que você ama vão morrer.

Nesse momento, o imperador deu um soco no estômago de Katsuma, que caiu de joelhos.

— Prepare-se para o seu fim! — bradou o imperador, pronto para matar Katsuma, quando percebeu uma luz vindo em sua direção.

Enquanto desviava da luz, que era a lança de Murakami, um golpe o atingiu na cabeça. Era Akio que voltava ao campo de batalha.

— Akio, obrigado mais uma vez — agradeceu Katsuma. — Sem você eu não estaria vivo.

Então Murakami e Akio começaram a atacar o imperador intensamente. Com os braços para trás, exibindo sua superioridade, ele desviava de cada ataque com tranquilidade.

— Você se acha tão melhor assim? — disse Akio. — Saiba que eu vou fazer você usar as mãos nem que eu tenha que quebrá-las!

Antes que Akio pudesse cumprir o que prometera, o imperador deu um mortal de costas. Enquanto chutava o queixo de Akio, que caiu para trás, o imperador aterrissou com as pernas entrelaçadas no pescoço de Murakami, lançando-a sobre o garoto. Os dois caíram, enquanto ele gargalhava.

— Você não parece ser tão forte quanto suas ameaças! Para mim, você não passa de um cachorrinho medroso!

As palavras do imperador o fizeram lembrar-se de Red, um cachorrinho que de medroso não tinha nada. Seus olhos se encheram de lágrimas e o seu coração, de amor.

— Red, eu não vou decepcionar você! — ele bradou, explodindo seu poder.

Então o gigante Akio foi diminuindo lentamente, até atingir a estatura de um metro e noventa e cinco. Sua aparência e voz, que ainda eram infantis, mesmo em transformação, agora se tornaram adultas e maduras. Seu cabelo não tinha mais o tom azul-claro, mas, sim, um azul-escuro forte, escorrido para trás. Sua musculatura continuava robusta, mas mais humana. Naquele momento de desespero, o garoto havia atingido a conexão perfeita.

— Imperador! — A forte voz do Akio adulto impactou os conectados à sua volta. — Hoje você vai conhecer a força de um cachorrinho!

Ele correu em alta velocidade. A cada passo, a terra tremia, pelo poder de sua conexão perfeita. Ele desferiu um chute no rosto do imperador, que ainda desviava do ataque quando Akio girou no ar, mirando um soco em seu maxilar. Nesse momento, o imperador precisou se proteger com os braços, sendo arrastado pelo golpe.

— Ainda não acabei com você! — gritou Akio, desferindo golpes incessantemente.

O imperador não podia mais manter os braços para trás. Precisava de muito mais esforço para se defender de Akio em sua conexão perfeita.

— Vamos ajudar o Akio, pessoal! — gritou Katsuma.

Então todos atacaram o imperador, que agora sentia o verdadeiro poder conjunto dos conectados. A lança de Murakami fez um pequeno corte em seu rosto, enquanto ele se defendia dos ataques que vinham por todos os lados. A espada de Katsuma vinha em direção ao seu pescoço. Enquanto o imperador desviava do ataque, seus cabelos flutuavam para cima, sendo atingidos por uma flecha de Iyo, que estava prestes a perfurar sua testa. Diligentemente, ele sentia cada movimento dos conectados, mas era pressionado pelos fortes ataques. Com todos agindo juntos, ele não poderia mais lutar com tanta displicência, o resultado não seria o mesmo. Ele precisava tomar cuidado, principalmente com Akio, que assumia a frente dos ataques. Então o imperador saltou para longe, como se quisesse fugir, e ali mesmo arrancou sua armadura.

— Chega de brincadeiras, agora vocês saberão por que eu sou o imperador hakai!

Ele atravessou por todos os conectados em alta velocidade. E, antes que pudessem perceber, todos estavam no chão, feridos e com a conexão desfeita. Foram atacados sem entender por onde. O imperador passou por eles como uma avalanche, um poder com o qual eles jamais haviam tido contato.

— Parece que agora acabou, não é verdade? — Ele gargalhava, afrontando os conectados.

Então um raio o atingiu e ele caiu de joelhos.

— O que é isso? De onde veio esse poder?

Era Katsuma, que flutuava enquanto se conectava aos seus raios e à natureza ao seu redor. Ele conseguiu bloquear parte do ataque, então se manteve firme. Graças ao seu treinamento com Yamamoto, ele pôde sentir a movimentação do imperador, que vinha em sua direção.

— Hoje serei o herói de que o mundo precisa! — ele gritou. — Você matou o meu pai e isso eu não posso perdoar!

Sem entender as palavras daquele humano, o imperador o atacou, lançando Katsuma ao chão.

— Eu nem sei quem é o seu pai, garoto estúpido! — ele disse, com o joelho esquerdo no peito de Katsuma.

— Katsuma! — gritou Iyo, ainda caída no chão, com lágrimas saindo de seus olhos, temendo por seu amado.

Imediatamente, o imperador voltou seu olhar para ela. Ao perceber isso, Katsuma encheu o seu corpo de eletricidade, atraindo vários raios para si, atingindo o imperador com alta potência.

— Você não vai tocar nela! — ele ameaçou o imperador, que caiu ao seu lado.

O imperador, por sua vez, mantinha o sorriso no canto da boca, enquanto se levantava.

— Não pense que será tão fácil assim, garoto. Acabou a brincadeira! — ele disse, preparando-se para o ataque.

— Katsuma, cuidado! — gritou Iyo, estendendo-lhe a mão.

Então o bracelete da garota se desprendeu e caiu no chão. Imediatamente, Katsuma sentiu o que havia acontecido e olhou em direção ao objeto.

— Que sensação é essa? — ele murmurou, fitando os olhos de Iyo.

Ainda no chão, ela olhava para Katsuma do mesmo jeito de sempre, com o mesmo sorriso desde a época da escola. Lembranças invadiram sua mente, de um passado em que a vida dos dois era normal, quando sua maior preocupação eram os ciúmes dos garotos que a convidavam para ir ao cinema. Olhando para Iyo, ele chorava, temendo seu futuro.

— Katsuma, eu confio em você. Eu te amo — foram suas últimas palavras, antes de ficar desacordada.

Então Katsuma olhou à sua volta e percebeu que todos os seus amigos estavam desacordados.

— O que foi, garoto? Está pensando em desistir? — O imperador continuava ironizando.

Novamente, ele sentiu o bracelete de Iyo. A sensação era como se o objeto o estivesse chamando, como se parte do seu corpo quisesse voltar para ele. Seus olhos se mantinham fixos na peça, quando de repente o bracelete brilhou, transformando-se em uma energia como a luz. Essa luz atingiu Katsuma, entrando em seu corpo. Imediatamente, ele se levantou, com uma força ainda maior. A postura do adolescente era agora a de um príncipe hakai. Sua autoridade e o poder de sua voz eram notáveis.

— Olá, general Kita, há quanto tempo não o vejo. Estava muito ocupado destruindo o império de meu pai? — disse Absalon, levantando a face em direção ao imperador.

Atônito com as palavras do garoto, o imperador Kita Ryu começou a se lembrar aos poucos daquele rosto, daquela aparência. Havia centenas de anos ele não era tratado como general, nem mesmo o seu nome era citado. Isso ativou lembranças de um passado distante em sua mente.

Será que esse garoto é...?, ele pensou. Não, não pode ser, isso não seria possível.

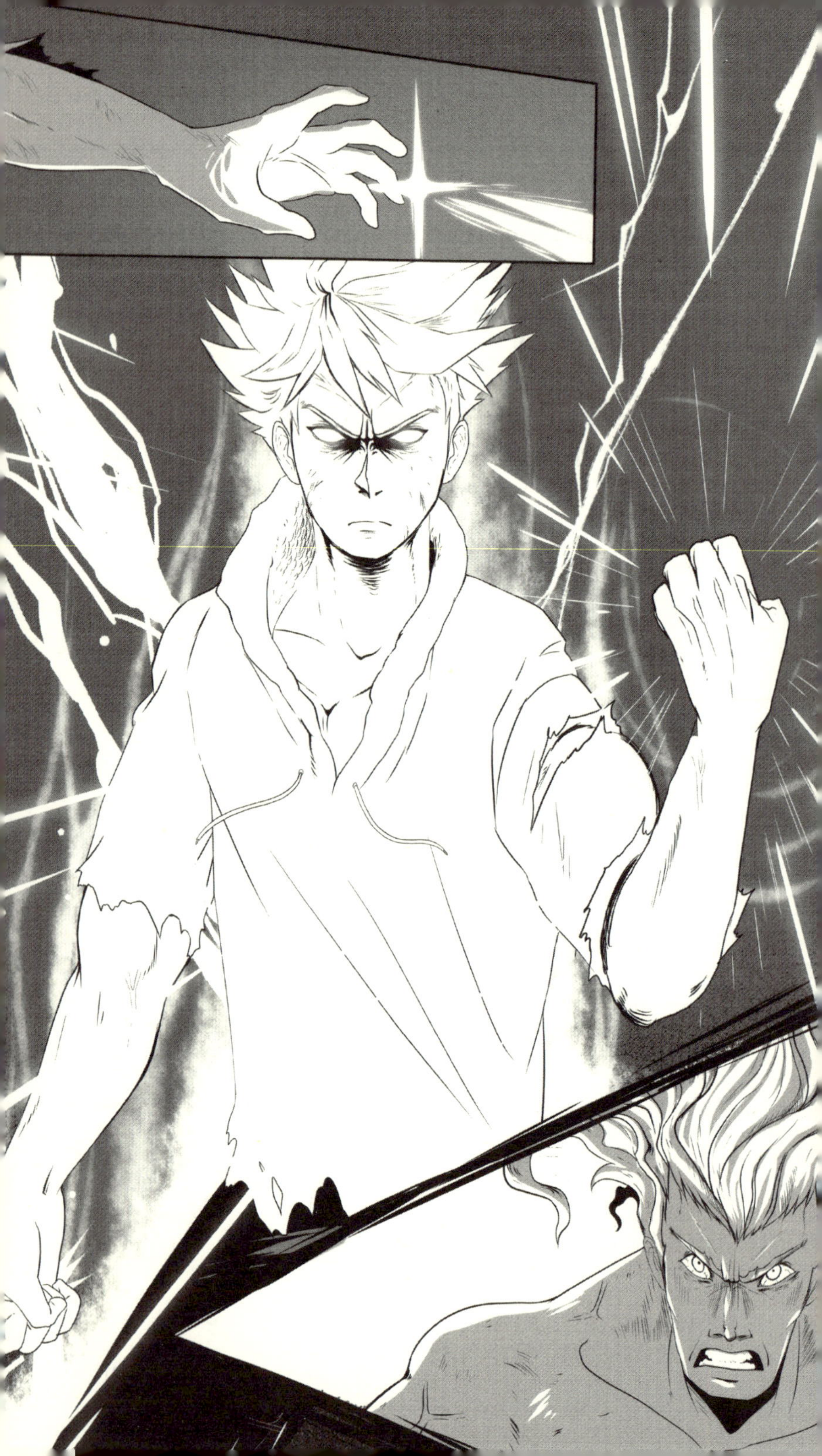

19

TRÊS LUAS

A multidão hakai diminuía a cada investida de Alícia. Como um furacão, a garota devastava tudo, dizimando as vidas que se opunham a ela.

— Ela tem o poder de um deus — alguns diziam, enquanto soltavam suas espadas, desistindo de lutar.

Restavam pouco mais de dez mil quando Yamamoto conseguiu ser notado.

— Desistam logo ou não restará nenhum! Rendam-se! — ele berrava, tentando preservar as poucas vidas restantes.

Aterrorizados, decidiram seguir as ordens de Yamamoto. Um a um, soltando as espadas, declaravam rendição. A roupa de Alícia, assim como todo o seu corpo, estava coberta de sangue hakai. Seu olhar emitia uma estranha junção de ódio e tristeza, revelando seus profundos traumas. Com as próprias mãos, ela agarrava o pescoço dos hakai já rendidos e os rasgava.

— Chega, Alícia! Eles já se submeteram. Não precisam mais ser feridos! — Yamamoto alertou, tremendo diante da situação.

Alícia não ouvia nada. Em seu consciente ecoavam apenas os gritos de dor do seu povo. O sofrimento de Yosa machucava sua mente e confundia o seu discernimento. Os gritos de familiares e amigos que haviam sido assassinados havia centenas de anos eram revividos em sua memória, trazendo à tona o mais puro desejo de vingança. Vendo que ela não ia parar, o exército de mais de dez mil homens começou a correr, fugiam desesperados do poder ilimitado de Alícia. A cena, que deveria ser hilária — uma garota de um metro e trinta e cinco centímetros fazendo milhares dos mais poderosos do exército hakai correrem –, de engraçada não tinha nada. Num terror absoluto, o coração deles disparava enquanto esperavam a morte certa. Ela se preparou para mais uma investida.

— Alícia, não! — Yamamoto gritou, correndo em direção a ela, que prosseguiu com o ataque.

Yamamoto entrou na frente para atacá-la com um soco. Uma tentativa de fazê-la acordar daquele transe de insensatez. Ela, por sua vez, em um reflexo muscular, segurou o braço direito de Yamamoto com as duas mãos, arrancando o membro do ex-capitão. A chuva de sangue lembrou Yamamoto da diferença absurda de poder que havia entre eles.

— Alícia! Não precisa ser assim — ele insistia. — Você quer repetir o massacre de Yosa neste planeta?! Acorde, Alícia!

Ela olhava aquele rosto, o reconhecia, via sua boca se movendo, mas não era capaz de ouvir nada.

— Alícia! Acorde! — Yamamoto insistia. — O massacre não precisa continuar!

Ela, atordoada, se aproximou dele para tentar ouvir o que dizia. Foi quando Yamamoto a abraçou e disse bem próximo ao seu ouvido:

— Chega, Alícia, você venceu. Não é necessário que o Planeta Azul tenha o mesmo fim de Yosa.

Ao ouvir as palavras do capitão, despertou daquele estado. Olhando ao redor, viu os quase quarenta mil hakai dilacerados por sua fúria. Finalmente se deu conta do banho de sangue em que se encontrava. Encharcada no vermelho de seu ódio, observou os hakai trêmulos em sua presença. Olhando para eles, não pôde se conter. Em prantos, ela declarou:

— Conheçam o poder de Yosa! — gritou com o braço direito erguido e o punho cerrado. — Os hakai não são os soberanos do Universo, nunca foram e nunca serão enquanto o meu coração bater! Eu, Tyra Alícia, não tenho sangue hakai em minhas veias e nada me orgulha mais do que isso. Filha de Yosa, nascida da pureza e da bondade. Escravizada e jogada como um objeto na escória hakai, me sobressaí. Elevada ao mais alto patamar dessa hierarquia suja e egocêntrica, provei a todos o poder de Yosa! Hoje, vingo aqui minha família e meus amigos. Bilhões de minha raça foram exterminados para massagear o ego dos que se consideram deuses, decidindo o destino, brincando com vidas. Yosa vive! Yosa vive! Yosa vive!

Ela respirou fundo, olhou para a frente e atravessou novamente pelo exército hakai, parando no topo do edifício que estava mais próximo. As nuvens negras finalmente explodiram, trazendo chuva ao ambiente. Ela abriu os braços olhando para o céu, enquanto seu corpo era lavado. As gotas da chuva misturavam-se às lágrimas da garota. Não importava quantos hakai eliminasse, a vida nunca mais voltaria a Yosa.

Enquanto isso, lá embaixo, do outro lado da batalha, Absalon atacava o imperador. Sua força era grande, mas ainda insuficiente.

— O que foi, garoto? O que aconteceu com toda aquela arrogância? — Ele o puxou pelo braço, lançando Katsuma ao chão.

— General Kita, não pense que seus erros ficarão impunes! — Ele se afastou e lançou poderosos raios sobre o imperador.

Absalon percebia que não tinha sua força por completo, algo parecia estar diferente, como se seu poder estivesse limitado. O imperador, ainda de pé, recebia os raios de Absalon, que agora faziam "cócegas" nele.

— Esse é o seu poder, garoto insolente?

O imperador avançou, distribuindo murros em Absalon, lançando-o para longe. Ele tentou se colocar de pé, mas caiu de joelhos e cuspiu sangue.

— Por que não estou com toda a minha força? — Absalon se questionava, sem entender a causa.

Ele se lembrava de tudo o que vivera como Katsuma, mas agora também tinha toda a memória de sua vida hakai. Tentava entender por que sua força não voltava a ser como antes. Enquanto raciocinava, o imperador havia se colocado diante dele, chutando seu queixo e jogando-o para perto dos outros conectados. Absalon, caído no chão, observou Iyo desacordada e, então, lembrou-se da cena com o bracelete, concluindo em pensamento: *É isso!* Novamente tentou se levantar, mas o imperador empurrou sua cabeça para baixo, colocando-o de joelhos.

— Diga suas últimas palavras. — O imperador colocou a espada no pescoço do garoto. — Hoje será o fim do Planeta Azul!

Ele ergueu sua espada, pronto para decepar a cabeça de Absalon, quando de repente uma espada rosada veio de longe atingindo a sua, que se partiu em mil pedaços.

— Venha lutar com alguém do seu tamanho! — disse Alícia, atingindo o imperador no rosto, sem que ele tivesse tempo de reagir.

Enquanto ainda estava caindo, viu Alícia se colocar por cima dele. Ela se ajoelhou sobre o imperador pressionando o seu estômago e desferindo uma sequência de socos em sua face.

— Onde está a sua soberania, imperador? — ela ironizava, enquanto tirava sangue do mais poderoso hakai.

— Onde está o seu irmão, Alícia? — Ele sorriu, com os dentes quebrados e sujos de sangue.

Imediatamente, Alícia parou os ataques, percebendo que realmente não tinha visto seu irmão até aquele momento.

— O que você fez?! — Ela gritou, puxando-o pela gola da camisa.

O imperador mantinha o sorriso, que se transformou em gargalhada. Então Alícia percebeu uma movimentação ao seu lado e desviou rapidamente. Era uma das adagas de Zenchi, que desceu da nave para participar da batalha. Enquanto ela olhava para o lado, o imperador pensou ser a oportunidade perfeita para atacar, mas era em vão. Ela o lançou em direção a Zenchi e os dois caíram. Então o imperador se levantou, com o rosto completamente ferido pelos ataques da garota.

— Mostre a ela, Zenchi! Mostre o que ela fez!

Então Zenchi exibiu uma filmagem de holograma que fez ao matar Sebastian Vidar. Transformado em Alícia, ele o assassinou. A cena confundiu a garota, mexendo com suas lembranças. Naquela etapa da batalha, após ter estado em transe algumas vezes, era difícil ela saber se havia de fato matado o irmão ou não. A dúvida dominou o coração da garota, que novamente entrou em pânico.

— Eu fui capaz de matar meu próprio irmão? — ela murmurou.

Então o general a atacou, aproveitando-se do momento de fraqueza da garota, que recebeu o golpe em cheio. Um forte chute no rosto que a jogou para trás, seguido de uma cotovelada no estômago. Ela caiu sem conseguir respirar. Nesse momento, Absalon se levantava, ainda sem entender por que não conseguia alcançar a plenitude de sua força.

— Tire as mãos dela, Kita!

Ao ouvir o nome do imperador, o sábio Zenchi reconheceu a voz e a feição que estavam tão próximas.

— Príncipe Straik Absalon?! — Ele arregalou os olhos. — Como você pode estar vivo?!

Ao ouvir o questionamento, o imperador voltou-se para trás, caminhando lentamente em direção ao garoto, que voltava a assumir sua conexão perfeita.

— Sabia que essa voz me lembrava alguém! — gritou o imperador. — Por acaso veio ter o mesmo fim de seu pai?!

As palavras do imperador despertaram a fúria de Absalon, mas ele se manteve em silêncio. Apenas se concentrou no que mais importava: salvar o Planeta Azul e os amigos aos quais tinha se apegado. Com sua espada de raios e sua conexão com a natureza, partiu com tudo, mas o ataque não era efetivo. O imperador facilmente desviava. Caída no chão, Alícia se culpava por matar o irmão, enquanto Zenchi se aproximava dela. Bem próximo ao ouvido da garota, ele sussurrava frases cruéis.

— Por que você se considera digna de viver? Toda a vida de seu planeta foi exterminada. Como foi matar seu único irmão? Você é um monstro, Alícia. Sua presença no Universo é desnecessária. Por que não morre e tira de nós o fardo de sua existência?

Ela se arrastava pelo chão, buscando um fragmento da espada quebrada do imperador, até que encontrou. Apertando-o com força, sua mão sangrava.

Eu tenho que morrer, ela pensava. *Não mereço viver.*

Ela colocou o fragmento próximo ao pescoço, pronta para se matar, crente de que não faria falta a ninguém, confiando nas vozes malignas que emergiam do desespero de sua alma.

— Alícia, não faça isso! — gritou Yamamoto, aproximando-se dela vagarosamente, quase desmaiando após ter perdido tanto sangue. — Sem você, não seremos capazes de vencer — foram suas últimas palavras, antes de cair desacordado.

— Alguém precisa de mim — ela sussurrou, enquanto olhava para trás e via Absalon sendo derrotado pelo imperador. — Não salvei Yosa, mas posso salvar este planeta.

Então Alícia levantou-se para ajudá-lo, quando de repente uma adaga de Zenchi se aproximou de sua nuca. Ela desviou mais uma vez, segurando a adaga ainda em movimento. E, antes que o sábio pudesse ter qualquer reação, ela surgiu atrás dele, cravando a adaga venenosa em seu pescoço.

— Eu disse para nunca mais fazer isso. A partir de hoje, sei que não vai fazer.

Enquanto ele caía morto, ela seguiu em direção ao imperador, atingindo-o como um meteoro.

— Que poder insano! — Absalon gritou, caindo em seguida, com o corpo muito machucado.

— Deixe o resto comigo — disse Alícia.

O imperador correu em direção a ela, que desviou preparando o contra-ataque. Foi quando seu coração doeu e ela cuspiu sangue, caindo de joelhos. Era o efeito colateral de lutar por tanto tempo sem sua armadura. Seu corpo já não suportava mais tanto poder explosivo. Ela se levantou com dificuldade, sendo recebida com um chute na lateral do rosto que a fez cair próximo a Absalon. Ela estava com o corpo trêmulo pela exaustão. Seus dentes batiam e ela sentia calafrios.

— Ora, ora! Que irônico — disse o imperador, indo em direção aos dois. — Ambos tiveram o fim de suas famílias por minhas mãos e, centenas de anos depois, o destino me dá o presente de terminar o que comecei.

O imperador aproximou-se de Iyo, que estava desacordada, e se agachou perto da garota. Estendeu sua mão enorme, puxando os cabelos dela e erguendo seu rosto para cima.

— Tire as mãos dela! — gritou Absalon, que não tinha mais forças para manter a conexão perfeita.

— Senão vai acontecer o quê?! Garoto estúpido! — ele gritou, socando a cabeça de Iyo no chão. — E aí, príncipe, não vai defender sua amiguinha?!

Então Absalon atacou o imperador, somente com a conexão comum. Mas havia um abismo entre as forças de ambos. Sem sofrer sequer um arranhão, o imperador esmurrou o garoto, que caiu.

— "Deixe ao menos o meu filho viver" foram as palavras do seu pai, aquele covarde! — gritou o imperador, chutando a boca de Absalon. — Seu pai não era digno do trono!

A cada frase, o imperador acertava-lhe mais um golpe. Absalon, por sua vez, parecia se entregar aos poucos. Foi quando olhou para o lado e viu que estava cara a cara com Iyo, desacordada. A cada chute, ele foi sendo jogado para mais perto dela.

— Iyo, mesmo ferida você está linda — ele murmurou. — Me desculpe.

Absalon começou a chorar, enquanto percebia seu fim. Foi quando se lembrou do bracelete de Iyo.

Será?, ele pensou, criando a mais forte conexão com a natureza ao seu redor.

Ele pôde sentir todos os objetos, assim como foi com o bracelete, como se parte do seu corpo, parte do seu poder, estivesse dividida entre eles.

Então é isso!, ele pensou. *Meu sangue entregou mais que apenas o DNA hakai. Minha força vital foi dividida entre os objetos!* Ele começou a rir e a chorar ao mesmo tempo.

— Ficou louco, Absalon? — disse o imperador, carregando-o pela gola da camiseta. — Desistiu de viver e está tendo alucinações?

— Não é isso, general Kita. Choro pelas mortes que não pude evitar, mas sorrio pela paz que trarei ao meu povo!

Nesse momento, todos os objetos começaram a brilhar intensamente.

— Eu, Straik Absalon, herdeiro legítimo do trono hakai, tomo de volta o que era de meu pai. Hoje eu tomo de volta a paz e a segurança do Universo! Eu, o verdadeiro imperador hakai, serei o herói de que o mundo precisa!

As luzes dos objetos convergiram para ele, fazendo-o retornar à sua origem e trazendo de volta a energia vital de Absalon. Enquanto isso acontecia, ele sentia seu poder renascendo, emanando de dentro para fora. Straik Absalon estava de volta com todo o vigor!

Enquanto Kita preparava um soco que esmagaria o crânio do garoto, ele se mantinha calmo, conectando-se à natureza como um hakai e como um yosa, aproveitando o máximo de seu sangue misto.

— Morra! — gritou o imperador, mirando um soco para matá-lo, quando a mão direita de Absalon segurou seu punho.

Uma forte ventania formou-se ao redor do único hakai com sangue impuro, revelando seu extremo poder. Ele olhava o imperador com ira, enquanto seus cabelos se movimentavam com o vento. Segurando o punho do atual imperador, ele sentia o prazer de finalmente ser o herói de que o mundo precisava.

— Você não entendeu ainda, Kita — disse Absalon, pressionando o punho do imperador. — Você não apenas insultou e matou meu pai como também exterminou uma raça que era sangue do meu sangue!

Quanto mais autoridade colocava em suas palavras, mais forte era a ventania ao seu redor. Então ele torceu o braço de Kita até o imperador cair de joelhos na sua frente.

— As três luas que se erguem na noite hakai revelam a tormenta do espírito inquieto de meu povo. Por centenas de anos, o Universo cedeu à intolerância por medo, mas a justiça prevalecerá. Hoje haverá paz, pois eu declaro o fim de uma era de sangue!

Então, com uma única mão, Absalon atingiu o pescoço de Kita, quebrando-o. Ele caiu morto.

— Desculpe ter demorado tanto, meu povo — murmurou Absalon, chorando, enquanto via a queda do imperador tirano por suas próprias mãos.

Naquele momento, os mortos hakai começaram a se desfazer. Eram dezenas de milhares de mortos. Olhando ao redor, mesmo tendo alcançado seu objetivo, o coração de Absalon estava apertado. Obter a paz em troca de tantas vidas doía no fundo de sua alma. Ele viu, então, Yamamoto e Alícia, que precisavam de auxílio urgentemente. Na velocidade do som, levou-os ao hospital mais próximo. Voltando ao CET, que estava completamente destruído, pegou alguns comprimidos nos bolsos de Akio e os colocou debaixo da língua de cada um dos conectados. Ele sabia que em poucos minutos eles voltariam à consciência.

Então decidiu ir para o topo do prédio em que estava a armadura de Alícia. Observou o Planeta Azul, próximo do amanhecer. O sol nascia, eliminando a escuridão, e com ela a lua minguante também se despedia. Lá do alto, ele percebia que os conectados começavam a se mexer, então sorriu, virou as costas e desapareceu.

— O que aconteceu? — Murakami perguntou, com a voz fraca.

— Será que vencemos? — Anúbis questionou.

— Onde está Katsuma? — foi a primeira pergunta de Iyo.

— Cadê os meus anéis?! — perguntou Ikkei, assustado.

— O bracelete de Red também não está comigo!

Todos se deram conta de que estavam sem os seus objetos. Anúbis tocou o próprio rosto, sem acreditar. Ele tentava utilizar suas habilidades, que foram para ele dor e destruição por tanto tempo, mas era em vão.

— Eu estou livre! — ele gritava e chorava. — Finalmente! Eu não acredito! Agora sou normal. — Ele tremia de alegria. — Finalmente sou normal.

Então todos os conectados foram até ele e o abraçaram, exceto Iyo, que buscava o seu amado.
— Katsuma! — ela gritava, correndo pelos escombros. — Katsuma! — E se pôs a chorar.
Vendo a cena, os conectados foram em direção a ela, tentando confortá-la.
— Ele deve estar por aí — disse Mieko. — Talvez acordou primeiro e foi buscar ajuda.
Com o coração apreensivo, Iyo colocou as duas mãos sobre o peito.
— Apareça logo, meu amor — ela disse, olhando para o céu.

Enquanto isso, Absalon estava em frente ao mar Vermelho, pensando em como avisaria seus amigos sobre a decisão de ser o imperador e assumir o trono hakai.
— Eles têm que entender... o Universo precisa de mim — sussurrou sozinho, enquanto observava a beleza natural daquele lugar.
O som das ondas e o vento do litoral traziam um pouco de calma ao seu coração tão aflito.

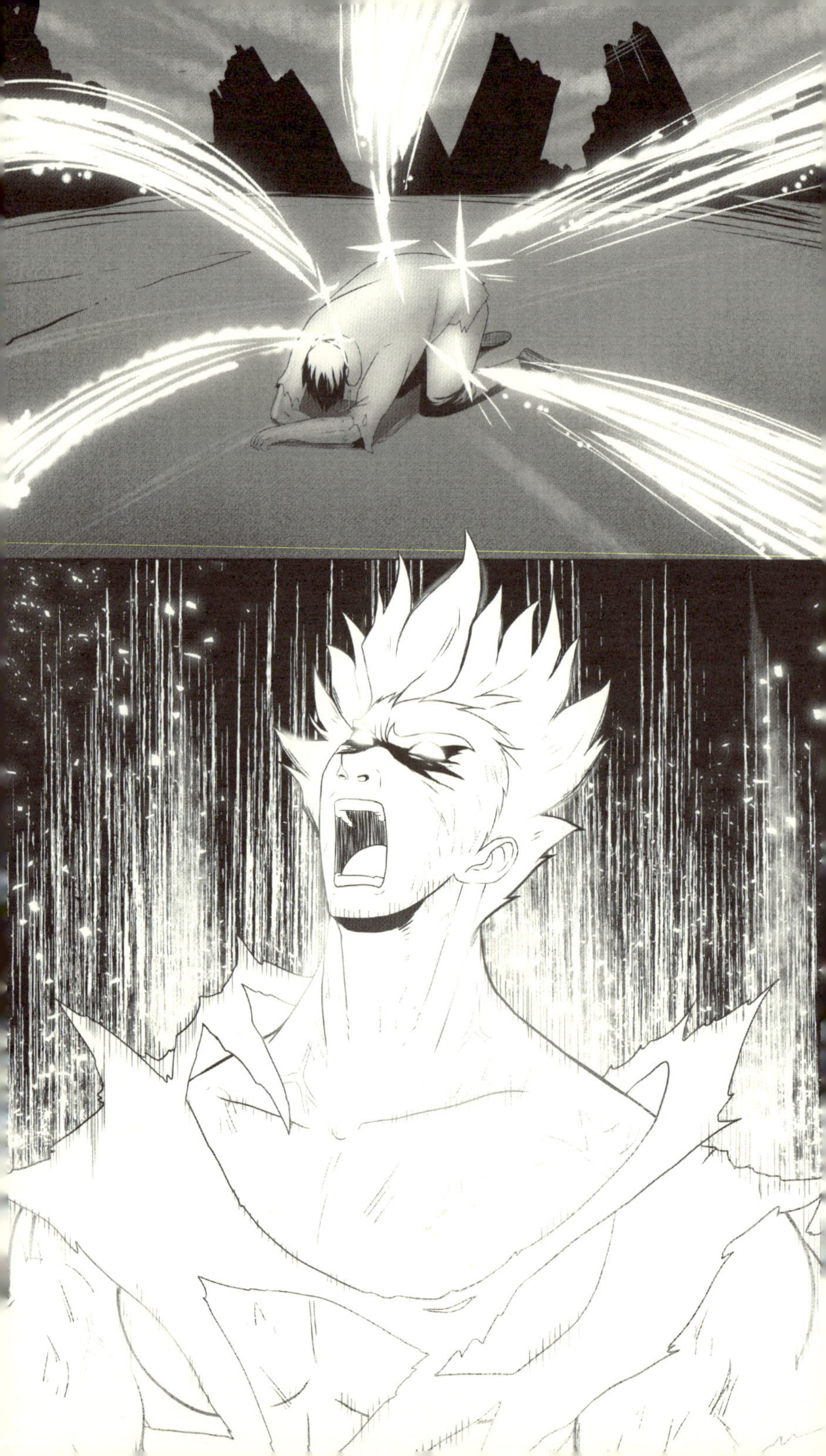

20

LUA VERMELHA

Em frente ao CET, que estava completamente destruído, os conectados buscavam Katsuma nos escombros. Iyo, desesperada para saber onde seu amor estava, gritava loucamente durante a busca. Então o celular da dra. Murakami tocou.

— Alô! — ela atendeu.
— Olá! Murakami Hino, certo? — disse a voz.
— Sim, sou eu, quem fala?
— É do Centro Médico do Cairo. Dois pacientes foram deixados aqui com o seu número de contato. São eles: Yamamoto Kizashi e Tyra Alícia. Confirma esses nomes?
— Sim! Confirmo! — ela respondeu, animada.
— Os dois já foram medicados e os exames estão prontos, preciso de sua autorização para realizarmos os procedimentos cirúrgicos. Pode vir aqui o quanto antes?
— Claro, posso, sim! Obrigada, obrigada! — Murakami desligou a ligação. — Pessoal, venham aqui, tenho ótimas notícias!

Todos correram até ela, principalmente Iyo, esperançosa com alguma notícia de Katsuma. Após explicar sobre o telefonema, todos foram para o hospital. Iyo relutou, querendo continuar as buscas. Mas todos concordaram no fim, já que, além de verem o estado de Yamamoto, ele poderia talvez lhes dar as respostas que buscavam.

Chegando lá, Murakami assinou a aprovação e as cirurgias foram feitas. Como eles também estavam machucados, foram tratados e ficaram internados por alguns dias, em observação. A batalha deixou vários feridos e causou muitas mortes, o que movimentou os hospitais da região.

* * *

No terceiro dia de internação, Iyo levantou-se no meio da madrugada e olhou pela janela, sonhando reencontrar Katsuma. Sua mente viajava por todas as dificuldades que os dois haviam enfrentado juntos, enquanto as lágrimas rolavam pelo seu rosto.

— Daria minha vida para vê-lo novamente — ela suspirou, limpando as lágrimas.

Ao se deitar, tomou três comprimidos e rapidamente dormiu. Foram um total de dezoito dias para a recuperação confiável de Yamamoto e Alícia, até que finalmente seguiram junto aos conectados para a mansão de Ikkei, no Japão.

Todos já haviam se tornado amigos. Alícia parecia uma criança, participando das piadas de Mieko e discutindo sempre com Ikkei. Akio contou a ela sobre Red, que era um grande companheiro deles, e como Katsuma descobriu sobre o equilíbrio d'A Grande Balança. Ela relatou cada detalhe de sua batalha ao lado de Katsuma para Iyo e como eles se esforçaram contra o imperador. Dra. Murakami conversou pouco com ela, já que seu foco era Yamamoto. Nem parecia aquela doutora séria e misteriosa. A cada dia se dedicava mais e mais para agradar Yamamoto. Arriscou até fazer uns biscoitos, que acabaram dando errado, mas se enganava quem pensava que ela tinha mudado. Quando era necessário, assumia o comando, dando bronca em todo mundo.

Mais vinte e três dias se passaram.

— Acho que amanhã você estará cem por cento, Alícia — afirmou Akio, analisando os dados dela no computador.

— Que bom, Akio! — ela agradeceu, sorrindo. — Penso em voltar para o planeta Hakai ao lado de Yamamoto o mais breve possível, precisamos revelar o que aconteceu aqui e em Yosa.

— Será que podemos ir também? — perguntou Akio, com certa timidez. — Conhecer um planeta diferente seria um sonho impensável.

— Seria uma honra ter um herói lá conosco. Você e quem mais quiser, estão todos convidados — ela disse, com seriedade.

Então Akio conversou com Yamamoto, que concordou com a ideia, convidando os outros conectados a visitar o planeta Hakai. Somente o professor Nagata não pôde ir. Tinha decidido descansar um tempo com sua família no interior. Pensou que seria bom uns meses superando tudo, então partiu.

Assim que amanheceu, todos os conectados estavam com as malas prontas para a viagem, exceto Iyo.

— Eu prefiro não ir — disse Iyo. — Alguém precisa ficar, caso Katsuma apareça. — Ela estava desolada após tantos dias do desaparecimento de seu amado, mas ainda mantinha as esperanças.

— Sendo assim, vou ficar com ela — disse Mieko, abraçando a amiga. — Não podemos deixá-la sozinha.

— Mieko, agradeço todo o seu apoio. — Iyo beijou a bochecha da amiga. — Mas eu prefiro ficar sozinha por um tempo para colocar a cabeça em ordem, sabe?

— Tem certeza, amiga? — perguntou Mieko com muita delicadeza.

— Tenho, sim. — Iyo sorriu. — Preciso de um tempo comigo mesma.

— Tudo bem, Iyo. Eu vou com o coração apertado por você estar aqui, sem ninguém. — Mieko deu mais um abraço forte na amiga. — Fique bem!

— Vou ficar, não se preocupe. — Ela sorriu novamente.

Alícia pegou um iorb que estava com ela e o ativou, exibindo a nave reserva. Então partiram todos para o planeta Hakai.

Durante a jornada, todos se divertiram bastante e se maravilharam com as belezas do Universo. Akio estava desesperado, fazendo cálculos e colhendo o máximo de informações possível. Para ele, era um sonho estar ali. Todos os dias mantinham contato com Iyo na Terra, por meio de chamada de vídeo. A comida na nave era horrível, Mieko vivia reclamando do sabor. Ikkei tentava ajudá-la fazendo algumas misturas, mas ficava ainda pior. Anúbis tinha medo de tudo. Qualquer barulho estranho ou objetos espaciais que via próximo o deixavam trêmulo e ele passava mal. Murakami seguia a viagem ao lado de Yamamoto, que ainda estava se adaptando ao fato de não ter um dos braços. Enquanto isso, Alícia comandava a nave na direção correta, rumo ao poderoso planeta Hakai.

Chegando lá, comunicaram-se com a central de comando, que os recebeu amigavelmente, o que foi estranho para Alícia e Yamamoto. Pacífico demais para ser verdade. Após tantos dias, por que ninguém apareceu para novas batalhas? Por que os hakai sobreviventes não voltaram para atacar de novo? Por que eles foram recebidos tão amigavelmente? Várias perguntas começaram a surgir, enquanto suspeitavam da fácil recepção que receberam.

Os conectados caminhavam pelo planeta, deslumbrados com sua tecnologia.

— Magnífico! — exclamou Akio, entusiasmado e curioso para entender tamanha evolução tecnológica.

— Capitão Yamamoto! — Veio um sargento correndo, até que avistou Alícia. — Primeira-general Alícia? — Ele se curvou. — Perdoe-me por não notar sua ilustre presença.

Ela, por sua vez, sorriu. Não era mais aquela sarcástica e tirana general. Após conviver tanto tempo com os conectados e superar seus traumas, havia se tornado uma pessoa amigável, embora ainda tivesse seus momentos de seriedade.

— Descansar, sargento — disse Alícia. — Qual é o recado?

— Ah, sim! Peço desculpas. — Ele se curvou novamente. — O imperador foi notificado da presença da nave e solicitou que fossem ao palácio.

— IMPERADOR? — questionou Yamamoto, assustado.

Ele e Alícia se entreolharam, imaginando quem estaria no trono hakai. Enquanto caminhavam, a tensão tomava conta da dupla. A cada passo, o misto de medo e curiosidade aumentava. Finalmente, após o longo corredor, a enorme porta se abriu. Sentado no trono, assumindo responsabilidades com os conselheiros e renovando a constituição hakai, estava ele, Straik Absalon, o herdeiro legítimo do trono.

— Olá, amigos! — Ele abriu os braços, caminhando em direção aos conectados.

Absalon abraçou um a um os amigos, mas eles permaneceram imóveis, estáticos. Apenas Alícia e Yamamoto se ajoelharam em reverência ao imperador.

— Vida longa ao imperador — o capitão e a primeira-general disseram juntos.

— Absalon — disse Yamamoto, emocionado. — Não sei como expressar minha imensa alegria em vê-lo assumindo o trono que pertencia ao seu pai.

— Straik Absalon, devoto a ti meu poder e minha confiança — disse Alícia.

Em meio ao momento de reverência e militarismo, Ikkei não pôde se conter e explodiu.

— Que palhaçada é essa?! — ele desabafou. — Como pôde nos abandonar assim? Como teve coragem de não dar explicações a Iyo? — ele explodiu. Apontava o dedo para o atual imperador como se fosse o antigo Katsuma que ele conhecia. Imediatamente, os guardas ali presentes se aproximaram.

— Não se aproximem! — Absalon deu a ordem. — Ele é meu amigo.

— Eu não sou seu amigo! — Ikkei avançou para lhe dar um soco, com toda sua fúria.

O imperador Absalon desviou com muita leveza do ataque e se entristeceu.

— Peço desculpas a todos. — Absalon curvou-se. — Sei que fui ríspido ao sumir de repente e não dar satisfações. Mas, após pensar em toda a comoção que poderia causar, decidi voltar para cá junto aos sobreviventes. Mais uma vez, peço desculpas.

— Eu entendo, Katsuma! Eu é que peço perdão por Ikkei — Akio respondeu em meio às lágrimas, evitando expor suas verdadeiras emoções.

Mieko e Anúbis preferiram não dizer nada, apenas observavam a situação, sem saber como reagir.

— Então quer dizer que decidiu salvar o Universo, Katsuma? — Murakami fitou o imperador, ajustando os óculos.

— Sim, dra. Murakami. Eles precisam de mim aqui.

— Ótimo trabalho, garoto. Espero que se divirta. — Ela lhe deu as costas e caminhou para a saída. — Não temos mais nada para fazer aqui! Vamos!

Ikkei estava atrás de Absalon. Ele abaixou a cabeça e cerrou os punhos. Visivelmente, fazia esforço para conter sua frustração.

— Garoto — Ikkei sussurrou no ouvido dele. — Pensei que amasse a Iyo — ele disse e continuou caminhando.

— E QUEM DISSE QUE EU NÃO A AMO?! — gritou o imperador Absalon. — Acha que é fácil para mim escolher esse sacrifício?!

— Acho cômodo — disse Ikkei, ainda caminhando de costas para Absalon.

— Largar o amor da minha vida pelo bem do Universo! Acha que isso é cômodo para mim?! — Absalon gritava, revoltado por não ter seu sacrifício reconhecido.

Ikkei parou e virou o rosto para trás, com um olhar intenso.

— Fique tranquilo, ó grande imperador Straik Absalon — ironizou. — Vou pessoalmente informar a Iyo sobre a sua decisão. Aliás, Murakami, venha aqui! — Ikkei a chamou.

— O que foi, Ikkei? Não tenho mais nada a dizer — ela respondeu, extremamente revoltada.

— Só uma pergunta, doutora. Coisa rápida. — Ikkei continuava sendo sarcástico. — Por que você decidiu ajudar Katsuma e Iyo a reatarem naquele dia?

— Porque não achei correto o que vocês disseram para os dois — ela respondeu.

— Bem, lembro-me de ter dito que ele seria imperador e nunca ficaria com ela. — Ikkei voltou o olhar para Katsuma. — Eu estava errado? — Então novamente se virou e todos saíram do Salão Imperial.

Na mansão, apreensiva enquanto os dias passavam, Iyo dedicou-se a continuar treinando suas habilidades de luta, mesmo sem seu objeto. Isso a distraía e mantinha seu corpo em forma. O cansaço físico a ajudava a dormir à noite, enquanto a tristeza dominava sua mente. Foram dias intensos de depressão. Ela mantinha uma rotina de tratamento com uma terapeuta e alguns remédios para ansiedade, o que a ajudava a diminuir a dor da perda. Após tantos dias, finalmente ela avistou a nave se aproximar. Estava terminando de pentear os longos cabelos negros quando a viu surgir pela janela, pousando no jardim ao lado do Hexagonal. Ela correu para receber os amigos.

A nave aterrissou. Ela viu as silhuetas tão conhecidas dos amigos e correu para abraçá-los. O primeiro a surgir foi Akio.

— Que saudade eu estava de vocês! — disse, apertando o garoto.

— Calma, Iyo, você vai me esmagar! — respondeu Akio, quase sem ar.

— Que bom te ver de novo, Iyo! — disse Murakami, abraçando a amiga.

— Oi! — cumprimentou Mieko, caminhando em direção a ela.
— Abraço em grupo! — ela gritou, enquanto Anúbis se unia a eles na diversão.

Após a algazarra, Iyo olhou para cima e viu Ikkei saindo da nave. Ele encostou na porta com um olhar de seriedade e, de longe, fitou a amiga, como se quisesse lhe dizer algo. Então abaixou a cabeça e resmungou:

— Katsuma, seu idiota.

— Idiota é você — Absalon respondeu, dando um tapa nos ombros do amigo e sorrindo. — Obrigado por não desistir de mim.

Então Absalon ativou a conexão com a natureza e, em altíssima velocidade, colocou Iyo em seus braços. De repente, estavam os dois sentados nas cadeiras de balanço na frente da mansão. Os olhos de Iyo estavam arregalados, ela ainda não acreditava. Virou-se para o lado e lá estava o amor de sua vida, chorando.

— Você está tão bonita — ele disse, olhando para ela no balanço.

Ainda atônita, ela começou a chorar, sem saber o que dizer. Então ele continuou:

— Alguma vez eu já disse que te amo mais do que amo o Universo? — Absalon sorriu, entre lágrimas. — Pois, se não disse, hoje eu provo isso diante de todos. Matsuura Iyo, por você eu renego o trono hakai, por você eu renego meu direito ao cargo mais importante do Universo. Por você renego hoje o meu nome!

Ele se levantou da balança e se ajoelhou na frente dela.

— A partir de hoje não sou mais Straik Absalon, mas, sim, Ozaki Katsuma. Aquele garoto que se apaixonou pela garota mais linda do Universo, que tinha ciúmes de qualquer um que se aproximasse dela, que batalhou ao seu lado e que jamais vai deixá-la novamente.

Ela se levantou da balança, apertando as mãos sobre o queixo.

— Mas, Katsuma...

Antes que pudesse completar a frase, ele a beijou. Em seguida, abraçou-a e sussurrou em seus ouvidos:

— Iyo, diante das estrelas, hoje eu juro amar você.

A lua cheia, brilhando no céu, contemplava o amor dos dois. Pela janela do andar superior da mansão, os conectados observavam a cena.

— Ainda não acredito que ele fez isso — afirmou Mieko.

— Será que um dia vou amar alguém assim? — questionou Anúbis.

— Que lindos os dois! Sempre torci por eles. — Akio saltava de alegria.

Ikkei apenas sorriu levemente, com a sensação de dever cumprido.

— É, pessoal, parece que chegou minha hora, preciso partir — disse Murakami, logo depois abraçando a todos.

— Tem certeza de sua decisão? — Ikkei perguntou, enquanto a abraçava.

— Tenho, sim. Preciso ir, Yamamoto me espera na nave. — Ela começou a chorar e puxou todos para perto de si, num abraço em grupo. — Vou sentir falta de todos vocês!

— Nós também! — disse Mieko, chorando.

— Dra. Murakami, sem você eu não saberia o que é ter uma família. Obrigado por ter me ensinado o que é ser feliz — disse Anúbis, agarrando-a como a sua maior fonte de amor. — Obrigado por tudo o que fez por mim!

— Eu é que agradeço a você, Anúbis. Por fazer de mim alguém mais compreensiva e por me mostrar um lado diferente do amor. — Ela enxugou as lágrimas. — Obrigada a todos.

Então Katsuma e Iyo entraram pela porta da frente e também se despediram. Murakami seguiu para fora da mansão e partiu na nave, ao lado de Yamamoto, que a aguardava sem descer.

— E quem ficou em seu lugar para governar o Império Hakai, Katsuma? — perguntou Iyo.

— Vou contar o que aconteceu, sente-se aqui comigo. — Ele a puxou para o sofá. — Quando Ikkei abriu a minha mente, eu não conseguia parar de chorar. Eu sabia que não poderia viver sem você ao meu lado e foi o gatilho criado por ele que eliminou a minha negação.

— De nada, idiota! — Ikkei gargalhou, brincando com o amigo.

— Pois é, — Katsuma sorriu, sem graça. — Enfim, eu reuni imediatamente todo o comando militar hakai e fiz o meu pronunciamento.

— Foi muito legal, Iyo! Você tinha que ver o Katsuma lá, todo Absalon: "Eu sou o imperador". — Mieko se divertia zombando do amigo.

— Tá bom, gente! Deixa o Katsuma continuar, estou curiosa. O que aconteceu no pronunciamento? — Iyo não aguentava mais a ansiedade. — O que você disse a eles?

— Eu disse: "Atenção, povo hakai. Há muito tempo temos governado a todos com mãos de ferro. Nossa injustiça derrama pelo Universo o sangue dos inocentes que clamam por justiça. O antigo imperador usurpou o trono de meu pai pelo sangue de bilhões de inocentes. Os yosa eram minha família, sangue do meu sangue. Eu, o seu imperador, Absalon, viverei diariamente com a culpa de fazer parte da raça mais impura do Universo".

— Você teve coragem de dizer isso? — Iyo assustou-se.

— Sim, meu amor. A soberania hakai é uma ilusão, não existe raça superior. Se existiu algum dia, foram os habitantes de Yosa, que negavam a si mesmos pelo bem do próximo. Quando eu disse isso, muitos ficaram paralisados, sem reação, sabe?

— Entendo, meu bem. Nem sempre é fácil enxergar a verdade, por mais intensa que possa ser. — Iyo apertou forte as mãos de seu amado. — Continue!

— Eu disse: "Faço uma pergunta a vocês: 'Quem é o mais forte entre nós?'". Então o silêncio tomou conta do ambiente. Eu continuei: "Vocês não estão em silêncio porque não sabem a resposta, estão em silêncio porque até mesmo ao citar o nome dela a alma de vocês estremece!". — Katsuma levantou-se do sofá e subiu na mesa de centro, empolgado enquanto contava a história. — "Hoje, aqui, vou realizar o sonho de meu pai. A partir de agora passaremos a ser conhecidos como uma raça do amor, da misericórdia e da aliança! Eu convido para estar ao meu lado a primeira-general, Tyra Alícia!"

— E nessa hora o silêncio se tornou insuportável! — disse Akio. — Os passos de Alícia foram ouvidos pelas centenas de milhares de pessoas que estavam ali, foi um momento realmente intenso. — Todos olhavam para Akio, e isso o deixou constrangido. — Pode continuar, Katsuma, me desculpe!

— Não tem problema, Akio, foi bem lembrado! Então eu finalizei: "Aqui está o ser mais poderoso do Universo. Mais do que isso, aqui está a única sobrevivente de Yosa!".

— Nesse momento, todos ficaram assustados, ninguém sabia a verdade. Fizeram "Ooohhh", "Uuuhh" e "Nosssaaa"! Foi impactante! — completou Mieko.

— Exatamente! — continuou Katsuma. — Naquele momento eu tirei minha capa de imperador e a coloquei sobre os ombros de Alícia. Ela mesma não acreditava no que estava acontecendo, mantendo-se em silêncio. — Katsuma sentou-se novamente no sofá. — Então percebi murmúrios e fofocas, foi quando eu disse: "Se alguém não concorda, proponho um duelo! Que venham todos vocês e a enfrentem!".

— E, nesse momento, centenas de milhares se calaram — Ikkei comentou. Ele estava de pé e apontava para o braço arrepiado ao se lembrar da cena. — Jamais vi tamanha autoridade assim em minha vida.

— Pois é, Iyo — continuou Katsuma. — Alícia tomou a palavra e foi realmente emocionante: "Povo hakai! Toda a minha vida foi dedicada a este império. Aqui eu fui escrava, fui humilhada e deixada como morta! Mas levantei minha cabeça e segui em frente, provando a todos a minha dedicação inabalável. Hoje assumirei o trono hakai, mas não como era antigamente!". Então ela lançou a capa para o alto e, com alguns movimentos de sua espada, a cortou em pedaços. Foi incrível!

— Muito legal! — exclamou Iyo, sorrindo. — Tenho saudades dos momentos em que ela viveu conosco aqui na mansão.

— A cena foi realmente muito legal, extremamente emocionante, foi de arrepiar — Katsuma se empolgou. — Então, todos, sem exceção, se ajoelharam perante Alícia, reconhecendo-a como a primeira imperatriz hakai.

— E aí, Katsuma, o que aconteceu?

— Aí o velho Absalon se rendeu aos encantos da mais perfeita de todas — disse Katsuma.

Iyo ficou vermelha e sem palavras.

— Eu te amo, Iyo! — ele disse, e então a beijou.

— Precisava disso? — Anúbis criticou a cena.

— Eca! — disse Akio. — Já não se beijaram o suficiente?

— Deixa, gente, eu achei fofo! — disse Mieko, toda vermelha, olhando para Ikkei, que também ruborizou.

— Katsuma, você não vai se arrepender da sua decisão? — perguntou Iyo, apreensiva com a resposta que viria.

— Meu único arrependimento é ter pensado que um dia eu conseguiria viver sem você.

— É, pessoal, vamos comer algo. Parece que aqui já deu nosso tempo — disse Ikkei, caminhando para a cozinha com os amigos.

Os ex-conectados divertiam-se, sem preocupações. Murakami seguia sua jornada para o planeta Hakai, ao lado do amor que encontrara. Alícia assumia com responsabilidade e confiança o posto a ela confiado. Enquanto isso, Iyo e Katsuma continuavam conversando sobre tudo e aprendendo cada vez mais um com o outro. Ele detalhava a ela seus momentos como Absalon, contando como tinha sido sua vida, suas experiências e seus momentos. Os dois se amavam mais e mais.

A lua vermelha brilhava como nunca no planeta Hakai. Ela, que premeditava tempos difíceis e sangue, agora representava o amor. Com Alícia governando os hakai, seguindo os passos de seu pai, antigo líder de Yosa, a paz voltaria a reinar.

— A saga das três luas refletia muito mais que apenas simbolismos. Mas de fato o rumo de uma jornada de paixão, orgulho e força! A presença dominante nem sempre prevalecerá perante a bondade daqueles que decidem lutar pelo que é certo. O trauma de uma vida repleta de derrotas e dor pode ser a sombra de uma alma pesada, mas capaz de reviver em si a verdadeira essência da coragem. A maior arma para machucar, às vezes, vem de dentro, explodindo como um grito selvagem que se mantém em silêncio em uma escuridão iluminada. Paz, amor, ódio, intolerância, falta de empatia. Tudo o que foi feito não pode ser desfeito, mas pode aos poucos ser reparado. Em um único trunfo, a felicidade poderá vencer! — dizia a imperatriz Tyra Alícia, enquanto A Grande Balança queimava diante de todos os hakai. — Aqui a vida venceu a morte!

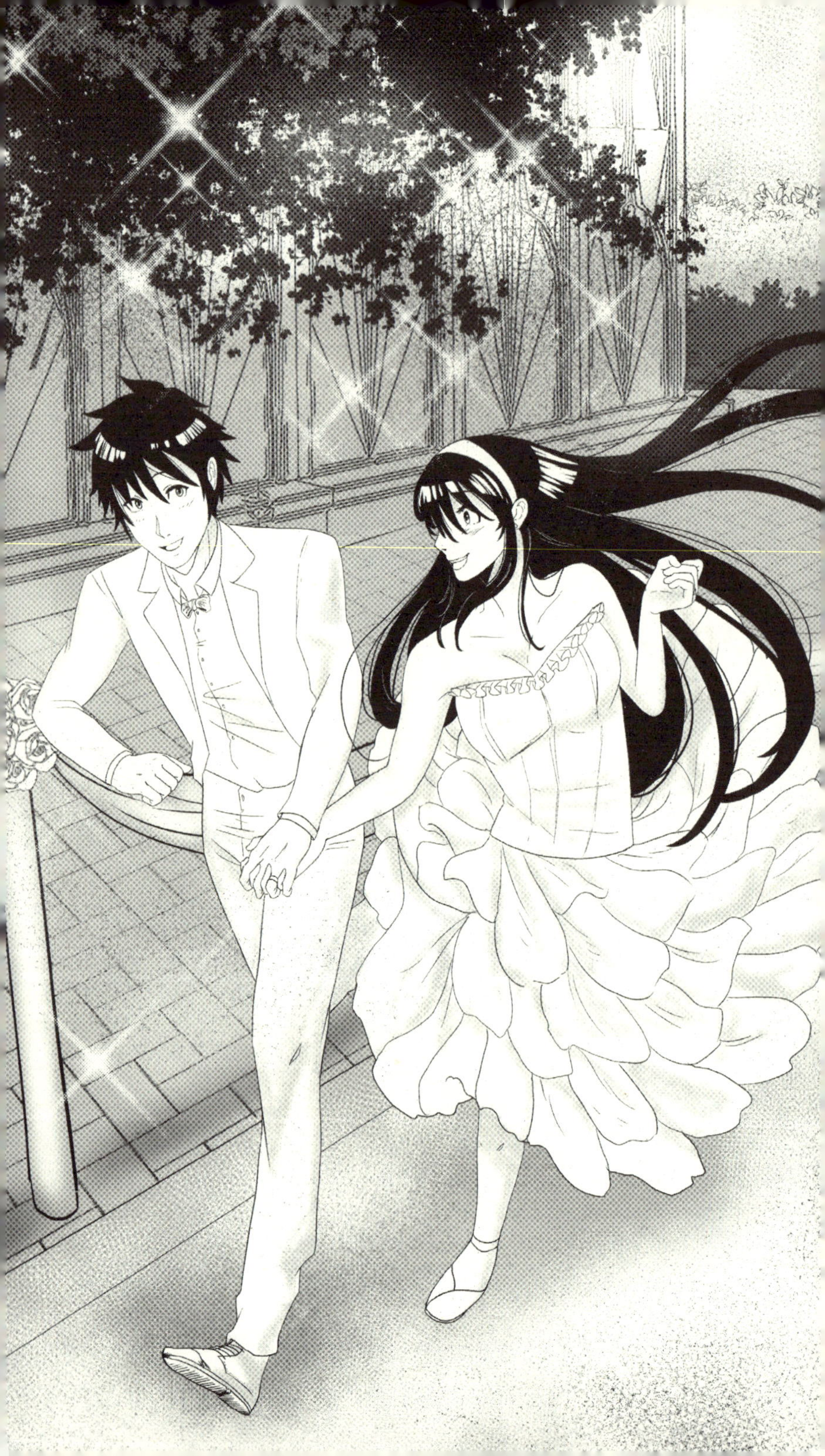

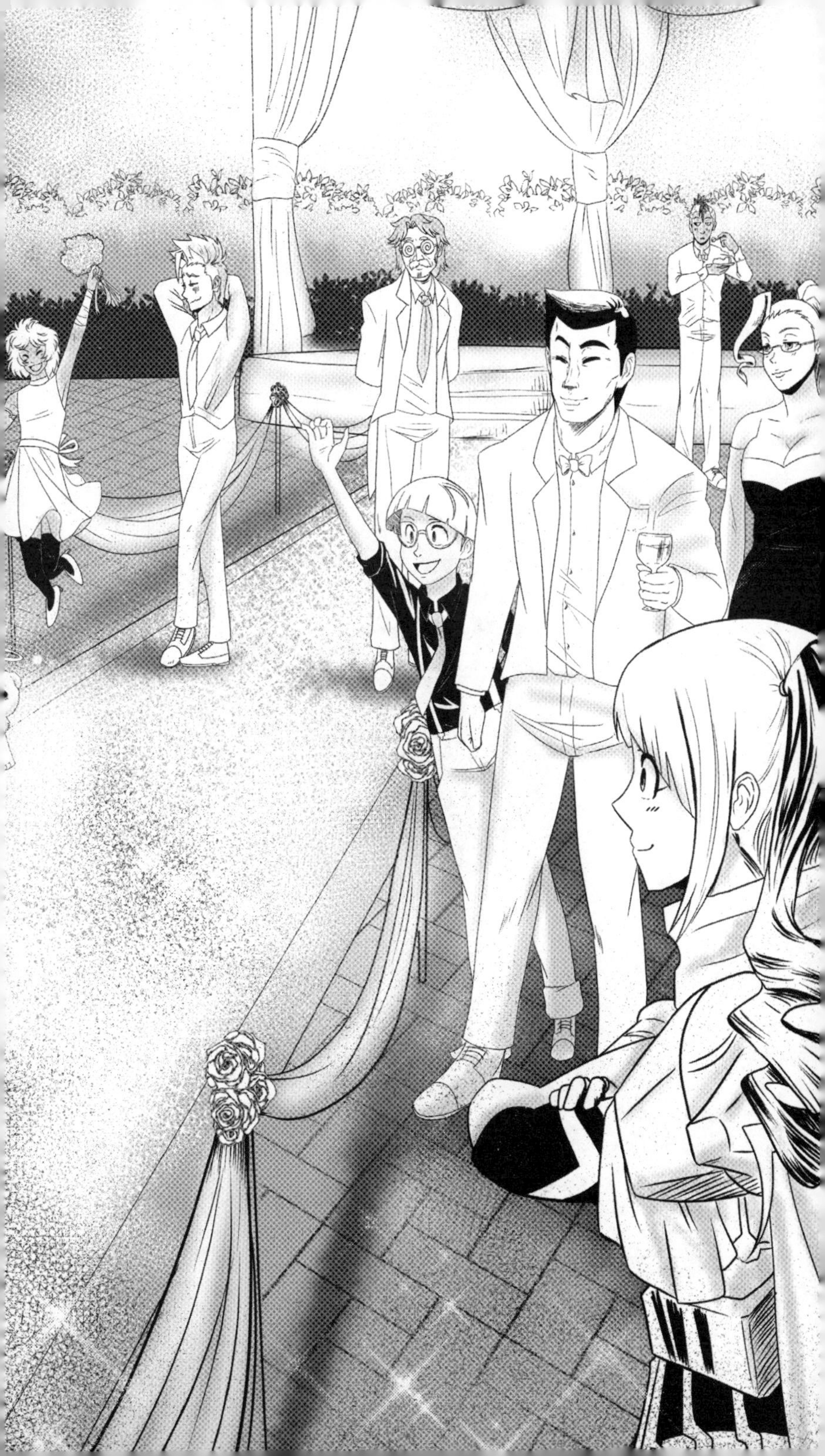

Acreditamos nos livros

Este livro foi composto em Eurostile e Mercury e impresso pela Gráfica Santa Marta em setembro de 2021.